Depressões

Herta Müller

Depressões

Contos

tradução:
Ingrid Ani Assmann

posfácio:
Ricardo Lísias

EDITORA GLOBO

Texto fixado conforme as regras do novo Acordo Ortográfico da Língua Portuguesa (Decreto Legislativo nº 54, de 1995).

Revisão: Claudia Abeling, Valquíria Della Pozza e André de Oliveira Lima
Capa: Mariana Newlands
Imagem de capa: Francisco José de Goya y Lucientes,
El Aquelarre (detalhe), 1821-1823, afresco pintado sobre tela,
Museu do Prado © The Art Archive/Corbis

Título original: *Niederungen*

1ª edição, Editora Globo, 2010

DADOS INTERNACIONAIS DE CATALOGAÇÃO NA PUBLICAÇÃO (CIP)
(CÂMARA BRASILEIRA DO LIVRO, SP, BRASIL)

Müller, Herta
Depressões / Herta Müller; tradução Ingrid Ani Assmann; posfácio Ricardo Lísias. – São Paulo: Globo, 2010.

Título original: Niederungen
ISBN 978-85-250-4834-9

1. Contos alemães I. Título.

10-01355 CDD-833

Índice para catálogo sistemático:
1. Contos: Literatura alemã 833

Direitos de edição em língua portuguesa para o Brasil
adquiridos por Editora Globo S.A.
Av. Jaguaré, 1485 — 05346-902 — São Paulo — SP
www.globolivros.com.br

Sumário

O DISCURSO FÚNEBRE

Os PARENTES caminhavam na estação ao lado do trem a vapor. A cada passo acenavam com os braços levantados.

Um jovem estava parado atrás da janela do trem. Acomodava seus braços sobre o vidro. Segurava diante de seu peito um buquê de flores brancas despetaladas. Seu rosto estava rígido.

Uma jovem mulher carregava uma criança pálida para fora da estação. A mulher tinha uma corcunda.

O trem ia para a guerra.

Desliguei o televisor.

Meu pai estava num caixão no meio da sala. Nas paredes havia tantos retratos que não se via a parede.

Numa foto, meu pai tinha a metade da altura da cadeira na qual se segurava.

Vestia um camisolão e ficava de pé sobre pernas tortas que estavam cheias de dobrinhas de gordura. Sua cabeça tinha a forma de uma pera e era careca.

Numa outra foto meu pai era noivo. Via-se apenas a metade de seu peito. A outra metade estava encoberta por um buquê de flores brancas despetaladas que minha mãe segurava nas mãos. Suas cabeças estavam tão próximas que os lóbulos de suas orelhas se tocavam.

Numa outra foto meu pai estava parado ereto diante de uma cerca. Sob seus sapatos grossos havia neve. A neve era tão branca que meu pai estava parado no vazio. Sua mão estava levantada acima da cabeça num cumprimento. Sobre a gola de seu casaco havia runas.

Na foto ao lado, meu pai segurava uma enxada sobre os ombros. Atrás dele havia um pé de milho que se erguia para o céu. Meu pai tinha um chapéu na cabeça. O chapéu fazia uma grande sombra e encobria o rosto de meu pai.

Na outra foto, meu pai estava sentado ao volante de um caminhão, O caminhão estava carregado de bezerros. Meu pai levava, toda semana, os bezerros para o matadouro da cidade. O rosto de meu pai era magro e possuía traços duros.

Em todas as fotos, meu pai aparecia como se tivesse sido imobilizado no meio de um gesto. Em todas elas aparecia assim, como se não soubesse continuar. Mas meu pai sempre soube como continuar, por isso todas as fotos não eram verdadeiras. De tantas fotos falsas, de todas suas falsas expressões, a sala tornou-se fria. Eu queria me levantar da cadeira, porém meu vestido havia congelado na madeira. Meu vestido era preto transparente. Quando eu me movimentava, ele estalava. Levantei-me e toquei o rosto de meu pai. Ele estava mais frio que os objetos da sala. Lá fora era verão. Voando, as moscas deixavam seus vermes caírem. A aldeia se estendia ao longo do largo caminho de areia. Ele estava quente e marrom e queimava os olhos da gente com seu brilho.

O cemitério era feito de cascalho. Havia pedras enormes sobre os túmulos.

Ao olhar para o chão, percebi que as solas dos meus sapatos haviam se soltado. O tempo todo eu estava pisando nos cadarços de minhas botinas. Eles estavam caídos longos e grossos atrás de mim. Suas pontas se enrolavam uma na outra.

Dois homens pequenos e vacilantes ergueram o caixão do carro funerário e o abaixaram na cova com duas cordas carcomidas. O caixão balançava. Seus braços e suas cordas ficavam cada vez mais compridos. Apesar da seca, a cova estava cheia de água.

Seu pai tem muitas mortes na consciência, disse um dos homenzinhos bêbados.

Eu disse: Ele esteve na guerra. Por cada vinte e cinco mortos recebia uma condecoração. Ele trouxe muitas condecorações.

Ele estuprou uma mulher numa plantação de nabos, disse o homenzinho. Junto com mais quatro soldados. Seu pai enfiou um nabo entre as pernas dela. Quando partimos dali, ela sangrava. Era uma russa. Depois, durante muitas semanas, chamávamos todas as armas de nabos.

Era quase fim de outono, disse o homenzinho. As folhas dos nabos estavam negras e coladas pela geada. Então o homenzinho colocou uma grande pedra sobre o caixão.

O outro homenzinho bêbado continuou a falar.

No ano seguinte, fomos à ópera numa pequena cidade alemã. A cantora tinha um canto tão estridente como os gritos da russa. Saímos em fila do salão. Seu pai ficou até o final. Depois, durante muitas semanas, ele chamava todas as canções de nabos e todas as mulheres de nabos.

O homenzinho tomava cachaça. Sua barriga roncava. Eu tenho tanta cachaça na barriga quanto tem de água nas covas, disse o homenzinho.

Então o homenzinho colocou uma grande pedra sobre o caixão.

O orador do funeral estava ao lado de uma cruz branca de mármore. Aproximou-se de mim. Tinha ambas as mãos enterradas nos bolsos do casaco.

O orador tinha uma grande rosa espetada na lapela. Ela era aveludada. Quando parou do meu lado, retirou uma mão do bolso do casaco. Era um punho. Queria endireitar os dedos e não conseguia. A dor fazia seus olhos saltarem. Começou a chorar baixinho para si.

A gente não se entende com os camponeses na guerra, disse ele. Eles não recebem ordens.

Então o orador colocou uma grande pedra sobre o caixão.

Um homem gordo parou do meu lado. Tinha uma cabeça que parecia uma mangueira sem rosto.

Seu pai dormiu durante muitos anos com minha mulher, disse ele. Ele me jogou na bebedeira e roubava meu dinheiro.

Ele se sentou sobre uma pedra.

Então uma mulher enrugada e muito magra aproximou-se de mim cuspindo no chão e me disse: que vergonha!

As pessoas do velório estavam do outro lado da cova. Olhei para mim e levei um susto, pois meus seios estavam à mostra. Eu tremia de frio.

Todos voltavam seus olhares para mim. Eles estavam vazios. Suas pupilas queimavam sob suas pálpebras. Os homens tinham armas sobre os ombros e as mulheres sacudiam rosários.

O orador beliscava sua rosa. Arrancou uma pétala vermelha como sangue e a comeu.

Ele me deu um sinal com a mão. Eu sabia que agora teria que fazer um discurso. Todos olhavam para mim.

Nenhuma palavra me ocorreu. Os olhos atravessavam-me a garganta. Levei a mão à boca e mordi os dedos. Em minhas mãos viam-se a marca dos meus dentes. Meus dentes estavam quentes. Dos cantos de minha boca escorria sangue sobre os ombros.

O vento arrancou uma manga do meu vestido. Ela balançava solta e negra no ar.

Um homem encostou sua bengala numa grande pedra. Pegou a arma e com um tiro arrancou a manga. Quando caiu diante de mim estava toda ensanguentada. As pessoas do funeral aplaudiam.

Meu braço estava nu. Senti como ele se petrificava com o ar.

O orador deu um sinal. O aplauso emudeceu.

Temos orgulho de nossa comunidade. Nosso empenho nos livra da decadência. Nós não nos deixamos injuriar, disse ele. Nós não nos deixamos difamar. Em nome da nossa comunidade alemã, você será condenada à morte.

Todos apontaram suas armas para mim. Em minha cabeça havia um barulho atordoante.

Eu caí e não alcancei o chão. Fiquei deitada de atravessado no ar sobre suas cabeças. Silenciosamente abri as portas.

Minha mãe havia retirado tudo dos cômodos.

No quarto, onde o defunto fora velado, só havia uma mesa comprida. Era uma mesa de açougue. Um prato branco vazio e um vaso com um buquê de flores brancas despetaladas estavam sobre ela.

Minha mãe usava um vestido preto transparente. Segurava uma faca grande na mão. Minha mãe ficou na frente do espelho e cortou com a faca grande sua grossa trança grisalha. Com as duas mãos levou-a para a mesa. Ela colocou uma das pontas dentro do prato.

Eu vou andar minha vida toda de preto, disse ela.

Ela botou fogo em uma das pontas da trança. A trança ia de uma ponta da mesa para a outra. Queimava como uma tira inflamável. O fogo ardia e devorava.

Na Rússia me tosaram. Este era o castigo menor, disse ela. Eu cambaleava de fome. À noite rastejava até uma plantação de nabos. O guarda tinha uma arma. Se ele tivesse me visto, teria me matado. A vegetação não fazia ruído. Era fim de outono e as folhas dos nabos estavam negras e coladas pela geada.

Eu não via mais minha mãe. A trança ainda queimava. O quarto estava cheio de fumaça.

Eles mataram você, disse minha mãe.

Nós não nos enxergávamos mais de tanta fumaça que havia no quarto.

Eu ouvia seus passos perto de mim. Tateava por ela com os braços esticados.

De repente ela enganchou sua mão magra em meu cabelo. Sacudia minha cabeça. Eu gritava.

Arregalei os olhos. O quarto girava. Eu estava deitada numa esfera de flores brancas despetaladas e estava presa. Então tive a sensação de que a casa caía e se esfarelava no chão.

O despertador tocou. Era sábado de manhã, cinco e meia.

O banho suábio

É sábado à noite. O aquecedor tem uma barriga quente. A janela de ventilação está bem fechada. Na semana passada, o pequeno Arni, de dois anos, pegou um resfriado por causa do vento gelado. A mãe lava as costas do pequeno Arni com uma calcinha velha e gasta. O pequeno Arni se debate. A mãe tira o pequeno Arni da banheira. Coitada da criança, diz o avô. Crianças tão pequenas não deveriam tomar banho, diz a avó. A mãe entra na banheira. A água ainda está quente. O sabão espuma. A mãe tira rolinhos cinza de sujeira de seu pescoço. Os rolinhos da mãe flutuam na superfície da água. A banheira tem uma borda amarela. A mãe sai da banheira. A água ainda está quente, grita a mãe para o pai. O pai entra na banheira. A água está quente. O sabão espuma. O pai tira rolinhos cinza do peito. Os rolinhos do pai flutuam com os rolinhos da mãe na superfície. A banheira tem uma borda marrom. O pai sai da banheira. A água ainda está quente, grita o pai para a avó. A avó entra na banheira. A água está morna. O sabão espuma. A avó tira rolinhos cinza de seus ombros. Os rolinhos da avó flutuam com os rolinhos da mãe e do pai na superfície. A banheira tem uma borda preta. A avó sai da banheira. A água ainda está quente, grita a avó para o avô. O avô entra na banheira. A água está gelada. O sabão espuma. O avô tira rolinhos cinza de seus cotovelos. Os rolinhos do avô flutuam com os rolinhos da mãe, do pai, e da avó na superfície. A avó abre a porta do banheiro. A avó olha para dentro da banheira. A avó não vê o avô. A água preta da banheira passa por cima da borda negra da banheira. O avô deve estar na banheira, pensa a avó. A avó fecha a porta do banheiro atrás de si. O avô solta a água do banho da banheira. Os rolinhos da mãe, do pai, da avó e do avô circulam sobre o ralo do banheiro.

A família suábia que acabou de tomar banho está sentada diante da tela da televisão. A família suábia que acabou de tomar banho espera pelo filme de sábado à noite.

Minha família

Minha mãe é uma mulher disfarçada.

Minha avó é cega de catarata. Ela tem uma catarata cinza num olho e uma verde no outro.

Meu avô tem hérnia nos testículos.

Meu pai tem mais um filho com outra mulher.

Eu não conheço a outra mulher nem a outra criança. A outra criança é mais velha do que eu e as pessoas dizem que por isso sou filha de outro homem.

Meu pai dá presentes para a outra criança no Natal e diz para minha mãe que a outra criança é de outro homem.

No Ano-Novo, o homem do correio sempre traz para mim cem lei num envelope e diz que é do Papai Noel. Mas minha mãe diz que não sou filha de outro homem.

As pessoas dizem que minha avó se casou com meu avô por causa de suas terras, que ela amava outro homem e que teria sido melhor se tivesse se casado com o outro homem, porque ela tem um parentesco muito próximo com meu avô e que isso é pura consanguinidade.

As outras pessoas dizem que minha mãe é filha de outro homem e que meu tio é filho de outro homem, mas não do mesmo homem, e sim de um outro.

Por isso o avô de uma outra criança é meu avô e as pessoas

dizem que meu avô é avô de uma outra criança, não a mesma outra criança, mas sim de uma outra, e que minha bisavó faleceu muito cedo de um resfriado estranho, mas que não foi uma morte natural, que foi mesmo suicídio.

E as outras pessoas dizem que foi algo diferente de uma doença e algo diferente de suicídio, que foi mesmo assassinato.

Depois da morte dela, meu bisavô casou-se imediatamente com uma outra mulher, que já tinha um filho de outro homem, com o qual ela não era casada, mas que era, ao mesmo tempo, também casada e que, após esse outro casamento com meu bisavô, teve mais um filho, do qual as pessoas também dizem que era de outro homem, e não do meu bisavô.

Meu avô ia todo sábado, durante muitos anos, para uma pequena cidade que tinha uma estação termal.

As pessoas dizem que ele tinha uma outra mulher nessa pequena cidade.

Viam-no até mesmo em público segurando pela mão uma outra criança, com a qual falava até mesmo em uma outra língua.

Nunca o viam com essa outra mulher, mas ela não deveria passar de uma prostituta da estação de banhos, dizem as pessoas, porque meu avô nunca saía com ela em público.

As pessoas dizem que um homem que tem uma outra mulher e uma outra criança fora da aldeia deve ser desprezado e que isso não é melhor que a consanguinidade, e que isso é pior que a mais pura consanguinidade, que isso é a mais pura vergonha.

Depressões

As flores lilases ao lado das cercas, o capim enrolado com suas sementes verdes entre os dentes de leite das crianças.

Meu avô dizia: o capim enrolado deixa a gente boba, a gente não deve comê-lo. E você não quer ficar boba, quer?

O besouro, que entrou em meu ouvido. Meu avô colocava álcool em meu ouvido, para que o besouro não subisse para a minha cabeça. Eu chorava. Minha cabeça zumbia e esquentava. O pátio todo girava e meu avô imenso estava no meio dele e girava junto.

É preciso fazer assim, dizia meu avô, senão o besouro entra em sua cabeça, e daí você fica boba. E você não quer ficar boba, quer? As flores das acácias nas ruas da aldeia. A aldeia coberta de neve com as colmeias no vale. Eu comia flores de acácia. Elas tinham um pedículo doce. Eu o mordia e o deixava um tempão na boca. Quando o engolia, já estava com a próxima flor nos lábios. Havia inúmeras flores na aldeia, não dava para comê-las todas. As inúmeras árvores grandes floresciam todos os anos.

Não se deve comer as flores da acácia, dizia meu avô. Há pequenas moscas negras dentro delas e, se elas entrarem na sua garganta, você fica muda. E você não quer ficar muda, quer?

* * *

A longa fileira de vinhas silvestres, as uvas escuras amadurecem com o sol sob sua pele muito fina. Faço bolos de areia, trituro telhas até virar páprica vermelha, arranho minha pele nas articulações das mãos. Arde até os ossos.

Bonecas de palha de milho, como as menininhas de cabelos trançados. O cabelo do milho é frio e quebradiço. Nós brincamos de mamãe e papai nos celeiros, deitamos na palha lado a lado e um em cima do outro. Entre nós estão nossas roupas. Às vezes tiramos nossas meias e a palha espeta nossas pernas. Escondidos, colocamos novamente as meias, e quando caminhamos temos palha na pele. O pé coça.

Todos os dias, nós, crianças, damos à luz bebês de sabugo de milho no galinheiro, bonecas bebês no poleiro. Seus vestidos tremulam quando o vento entra pelas tábuas.

* * *

Gatinhos são enrolados em roupas de boneca, amarrados no berço e embalados para dormir. Eu canto canções de ninar e embalo os gatinhos até ficarem sonolentos. E embaixo das roupas esparramam-se seus pelos. E eles já estão com os olhos inchados e turvos e a baba e o vômito leitoso já escorrem de seus focinhos.

Meu avô corta as amarras e os solta. Eles cambaleiam um pouco, então seus pelos voltam ao normal, mas eles continuam andando no vazio, sem pisar, sem viver, olhando profundamente para o verão.

Borboletas saem voando das videiras e dançam sobre o pátio.

Nós caçamos borboletas da couve com frágeis nervuras nas asas. Esperamos pelos seus gritos, quando as espetamos no alfinete, ainda que elas não tenham ossos no corpo, são leves e só sabem voar, e isso não é suficiente quando é verão por toda parte.

Elas se debatem no alfinete até a morte.

Em suábio chamamos o cadáver de um animal de *Luder*. Uma borboleta não pode ser um cadáver. Ela se desmancha sem se decompor.

Moscas na bacia, asas zunindo perdidamente, afogadas no leite coalhado. Moscas na superfície cinzenta da água de sabão da bacia. Olhos inchados, ferrão esticado, que pica a água, perninhas furiosas muito frágeis.

Logo se repuxa pela última vez, permanece na superfície, cada vez mais leve de tanta morte.

Duas gotas de sangue de cada borboleta ficam grudadas sob minhas unhas. A cabeça arrancada da mosca cai da minha mão ao chão como sementes de mato.

Meu avô nos deixava brincar.

Temos de deixar viver apenas as andorinhas, pois são animais úteis, ele dizia. E a palavra nocivos para borboletas da couve e *Luder* para os muitos cachorros mortos.

Lagartas, que na realidade são borboletas, saem das crisálidas. Crisálidas grudadas nas estacas da videira, algodão falso.

E de onde veio a primeira borboleta, vovô? E pare já com tanta pergunta boba, ninguém sabe, e vá brincar.

Nossas bonecas de dormir em roupas limpas e engomadas sobre as camas dos quartos desabitados.

Desde a noite de núpcias da mamãe nunca mais ninguém respirou nestas camas.

E naquela ocasião nós estávamos tão cansados que seu pai, depois de vomitar naquela privada, adormeceu em seguida. Ele não me tocou naquela noite, disse a mãe, que sorriu e emudeceu.

Era maio e já havia cerejas naquele ano. A primavera tinha chegado muito cedo. Nós mesmos íamos colher as cerejas, seu pai e eu. E discutimos quando colhíamos as cerejas e na volta para casa não falamos mais nenhuma palavra um com o outro. Seu pai também não me tocou durante a colheita de cerejas no grande vinhedo deserto. Ele ficou como um poste ao meu lado e cuspia ininterruptamente caroços de cereja molhados e gosmentos, e eu soube, então, que ele me espancaria com frequência durante a vida.

Ao chegarmos em casa, as mulheres da aldeia já estavam com as cestas cheias de bolos e os homens já tinham abatido um belo bezerro. Os cascos estavam no lixo. Eu os vi quando entrei no pátio pelo portão.

Fui chorar no sótão para que ninguém me visse, para que ninguém percebesse que eu não era uma noiva feliz.

Naquela época eu queria dizer: eu não quero me casar, mas vi o bezerro abatido e o avô teria me matado.

Um acesso de tosse sacode a cabeça de minha mãe e escorre saliva de sua boca. Seu pescoço fica todo enrugado. Ele é curto e grosso. Alguma vez ele deve ter sido bonito, alguma vez, antes de eu existir.

Desde que eu existo, os seios de mamãe são flácidos, desde que eu existo, mamãe tem pernas doentes, desde que eu existo, mamãe tem a barriga mole, desde que eu existo, mamãe tem hemorroidas e sofre muito quando vai para a casinha.

Desde que eu existo, mamãe fala de minha gratidão como criança e começa a chorar e coça com as unhas de uma das mãos as unhas da outra. Seus dedos são rachados e duros.

Apenas ao contar dinheiro eles são hábeis e flexíveis como aranhas tecendo uma teia.

Minha mãe guarda o dinheiro no quarto dentro do cano

do fogão de ladrilhos. Meu pai sempre pede dinheiro quando quer comprar algo. Todo dia ele quer comprar alguma coisa e todo dia pede dinheiro, pois tudo custa dinheiro. E minha mãe pergunta para ele, toda noite, o que ele fez com o dinheiro, o que ele já fez novamente com todo aquele dinheiro.

Quando minha mãe vai pegar o dinheiro, ela não abre as persianas. Ela acende a luz no quarto em pleno dia, e o lustre, com seus cinco braços, ilumina com uma única lâmpada fosca. Seus outros quatro braços estão cegos.

Mamãe conta o dinheiro em voz alta, para que ela possa sentir melhor as notas com as mãos e os olhos. Ela não para de contar as notas de cem e cospe de vez em quando nas pontas dos dedos.

Suas mãos são rachadas e, no verão, verdes como as plantas com as quais ela lida.

Na primavera, à noite, mamãe volta da roça e me traz azedinhas no bolso e, no verão, um enorme girassol.

Vou para o quintal e como as sementes junto com as galinhas. Enquanto isso, penso no conto de fadas da menina que sempre alimentava primeiro seus animais e só depois ela mesma comia. E essa menina tornou-se mais tarde uma princesa e todos os animais a amavam e a ajudavam. E um dia um príncipe belo e louro a tomou como esposa. E eles eram o casal mais feliz do mundo.

As galinhas comeram todas as sementes e olhavam para o sol com as cabeças inclinadas. O girassol estava vazio. Eu o quebrei. Ele tinha no interior um miolo branco e esponjoso que dava coceira nas mãos.

Quando uma abelha entra na boca de alguém, a pessoa morre. Ela pica o céu da boca. O céu da boca incha tanto que a pessoa sufoca com seu próprio céu da boca, dizia meu avô.

Eu não parava de pensar, enquanto colhia flores, que não podia abrir a boca. Às vezes eu tinha vontade de cantar. Cerrava os dentes e esmagava a canção. Um zunido saiu dos meus lábios, eu me virei para ver se esse zumbido não estava chamando alguma abelha em minha direção. Não vi nenhuma abelha em lugar nenhum.

Mas eu queria que uma viesse. E eu continuaria zunindo para lhe mostrar que ela não podia voar para dentro de minha boca.

* * *

Duas tranças rígidas, uma para cada lado. Duas fitas entrelaçadas.

As nervuras avermelhadas e ásperas das pequenas flores brancas da relva crescida tornam-se ainda mais vermelhas nas extremidades e brotam da relva e se desmancham em nada.

As flores da relva se fecham suavemente, até ficarem parecidas com cabelos. Minha linda boneca de milho, minha corajosa e muda criança sem pescoço, sem braços, sem pernas, sem mãos, sem rosto.

Eu arranco dois grãos de milho. A espiga bruta se destaca dos buraquinhos como um olhar ausente. Arranco três grãos, um ao lado do outro, e três, um embaixo do outro. Admiro a boca escancarada e o nariz debicado.

Uma boneca com cara gorda e severa. Quando ela cai no chão, quando ela seca, ainda caem alguns grãos de seu corpo, e daí ela fica com um buraco na barriga, ou três olhos, ou uma grande cicatriz no nariz ou na face, ou ela fica com os lábios mordidos.

As hastes das gramíneas são verdes até a transparência.

Quando olhamos através delas, vemos que o verão é quebradiço.

Dos campos a aldeia parece um amontoado de casas entre as colinas, cuja planta só pode ser reconhecida através das cores. Tudo parece próximo, e quando nos aproximamos não chegamos lá. Eu nunca entendi essas distâncias. Eu sempre estava atrás dos caminhos, tudo corria à minha frente. Eu só tinha a poeira na face. E em lugar nenhum havia um fim.

Na saída da aldeia encontramos as gralhas que picam no vazio de tempos em tempos.

Longe, no vale, no pó cinza do caminho do campo, frutinhas da roseira brava estão com insolação em suas cabeças vermelhas. E os abrunhos silvestres, ao lado, continuam azuis e frescos. Suas folhas estão sujas da merda branca dos passarinhos.

Eles sempre cantam a mesma canção. Quando vão embora, a canção também emudece, e o que fica por toda parte é apenas a mesma merda branca. Na aldeia não se ouvem os passarinhos, eles não se aproximam das casas, porque há muitos gatos na aldeia, mais que em toda região. E na aldeia há tantos cachorros quanto gatos. Os cachorros arrastam suas barrigas pela grama e deixam pingar mijo morno nos caminhos. São pequenos e têm pelos desgastados.

Suas pequenas cabeças pontudas balançam ao andar e nelas giram olhos de pássaros aquosos e sem expressão. Sempre há medo nesses olhos de cachorro, nesses crânios de cachorros. Os cachorros levam pontapés tanto dos homens como das mulheres. No entanto, os pontapés das mulheres não são tão fortes, por causa do calçado que elas usam.

Os homens usam sapatos de solado grosso. Seus pés ficam

enfiados neles até os joelhos e sobre as linguetas estão amarrados cadarços grossos e rústicos.

Desses chutes os cachorros morrem imediatamente e ficam lá vários dias contorcidos ou estendidos e inertes ao lado dos caminhos e fedem sob o enxame de moscas.

As folhas ressecadas voam pelo ar como fungos invisíveis.

E, quando as árvores frutíferas adoecem, os homens da aldeia dizem que é de novo o maldito fungo do bosque. Eles misturam seus venenos verdes brilhantes, que formam gotas nas folhas e queimam as nervuras. As folhas ficam secas e perfuradas como peneiras. E nas bordas deformadas as aranhas tecem suas teias brancas.

A lama está tingida de verde pelas algas.

As moscas perturbam os gansos zunindo dentro da plumagem espessa.

Quando a chuva, que deixa a madeira apodrecer no verão, afofa a terra, vemos quão fundo são os caminhos e quão lavada está a terra.

As vacas carregam então grandes sapatos disformes de lama pelos portões das casas. Sentimos o cheiro da grama dentro de suas barrigas. As bolas de capim que voltam novamente para sua garganta, depois da primeira mastigação, doem no meu peito. As vacas ruminam com ares de ausentes, e seus olhos estão embebidos de tanto pasto. Todas as noites elas voltam para a aldeia com esses olhos inebriados.

Uma vez nossa vaca me apanhou pelos chifres e saltou a vala. Lá, ela me deixou cair no rastro profundamente batido da roça e fugiu por cima de mim. Naquele momento, seu úbere todo sujo de excrementos parecia que ia se quebrar.

Eu a segui com o olhar. Atrás dela o ar quente ofegava por um tempo. Onde a pele dos meus joelhos tinha se esfolado, a carne ardia e tive medo de não estar mais viva de tanta dor, e ao mesmo tempo sabia que estava viva, porque ainda estava doendo. Tive medo que a morte entrasse em mim pelos joelhos abertos, e rapidamente coloquei as palmas das mãos sobre os ferimentos.

E, como eu ainda estava viva, veio o ódio.

Eu queria perfurar sua grande barriga peluda com meus olhos, revirar suas entranhas quentes com as mãos, enfiar até o cotovelo debaixo do seu couro.

Os gerânios ainda retinham a chuva do dia anterior nas nervuras de suas folhas, que arranham. Eu me lavei com suas águas turvas e à noite meu rosto estava realmente rosado e vi, no espelho, como eu ficava cada vez mais bonita.

E, quando eu tocava a vaca até o vale com meu ódio, procurei o maior arbusto de gerânio de todo o vale. Ao lado dele me despi e, desta vez, lavei o corpo todo, enquanto a vaca afundava na grama sua cabeça quadrada e ficava de costas para mim com seu traseiro ossudo. A vaca virou-se para mim e arregalou os olhos de uma maneira insuportável. Arrepiei-me com seu olhar. Até mesmo o arbusto de gerânio se sacudiu e se tornou ainda maior e mais espinhento. Então me vesti rapidamente.

Quando a pele secou, ela se esticou, e ela tinha algo de vítreo. Senti no corpo todo como eu ficava bonita, e saí cuidadosamente para não quebrar. As hastes do capim roçavam insinuantemente, como se fosse pelo meu andar, e tive medo que elas me cortassem.

Meu andar tinha em si um pouco da roupa de cama engomada de minha avó. Ao dormir nela na primeira noite, a roupa engomada estalava com os menores movimentos, e eu achava que era a pele que estalava.

Às vezes eu ficava bem quietinha e mesmo assim estalava. Eu tinha medo que o grande homem ossudo estivesse no quarto, aquele que comprara uma casa à beira da aldeia e que ninguém sabia de onde vinha, mas todo mundo sabia que ele não precisava trabalhar porque tinha vendido seu esqueleto gigante ao museu e recebia dinheiro mensalmente por isso.

Este homem ficou durante muitas noites em meu quarto. Eu sempre o via atrás da cortina, embaixo da cama, atrás das caixas e dentro do fogão de ladrilhos.

À noite, quando o sono era afugentado pelo meu medo, quando eu me levantava e tateava os móveis no escuro e não o encontrava, mesmo assim eu sabia que ele estava lá.

De manhã havia apenas o pó marrom das mariposas que à noite tinham se debatido no lustre do teto do quarto.

Eu as tocava. Meus dedos ficavam farinhentos e marrons e no lugar onde eu as tocava suas asas ficavam transparentes. Quando eu soltava as mariposas, elas se debatiam ainda um pouco abaixo do meu joelho. Mais alto elas não iam e eu as pisava com meu sapato e queria dar a elas um golpe de misericórdia. Estourava uma barriga aveludada e protuberante e espirrava um leite branco no chão. E então o nojo subia dos meus sapatos e colocava suas amarras ao redor da minha garganta, e suas mãos eram frágeis e frias como as mãos dos velhos que eu via nas camas com tampas, diante das quais a gente se sentava em silêncio e rezava.

O queixo das velhas mulheres tremia acima dos rígidos nós dos lenços de cabeça. Eu via o muco em seus cílios molhados e trêmulos e não compreendia o sentido de suas lágrimas.

Essas camas, vovó dizia, eram caixões, e os que estavam neles, ela dizia, estavam mortos. E ela acreditava, quando dizia isso, que eu não compreenderia a palavra. Eu compreendia, sem nunca antes ter ouvido falar. Eu carreguei isso comigo por muitos dias e via um defunto em cada pedaço de frango que estava na sopa, e vovó não me levou mais para os velórios.

Mas, quando à tarde dos dias de semana a banda tocava na aldeia, eu sabia que alguém tinha morrido.

Eu não compreendia por que a morte sempre ficava atrás das paredes das casas e a gente nunca podia vê-la, mesmo que tivesse morado a vida toda ao lado dela. E de repente acontecia.

Uma vez um homem morreu ao ar livre. O raio o atingiu. Era o primeiro marido dessa mulher, que depois se casou com um cunhado, que morreu de pneumonia. E ela ficou sozinha durante anos porque não se casou mais com ninguém. Quando seu filho cresceu, ele que tinha, como ninguém na aldeia, uma mecha de cabelos grisalhos sob as têmporas e se assemelhava ao mendigo que passava pela aldeia no verão, ela se casou com um homem da aldeia vizinha, que ainda está vivo e que teve de carregar o próprio filho ao batizado, pois ninguém queria ser padrinho, já que todos achavam que a morte levaria quem tivesse contato com o filho dessa mulher.

Mais tarde, quando eu cheguei à cidade, vi a morte acontecendo na rua, antes mesmo de ela se consumir.

Pessoas caíam no asfalto, gemiam, estremeciam e não pertenciam a ninguém. Vinham pessoas que tiravam seus anéis e os relógios de pulso enquanto as mãos ainda não estavam totalmente rígidas e arrancavam das mulheres os cordões de ouro do pescoço e os brincos das orelhas. Os lóbulos das orelhas rasgavam-se e logo não sangravam mais.

Uma vez eu fiquei sozinha com um defunto estranho. E, depois de olhá-lo por muito tempo, entrei chorando no primeiro bonde que me levou para uma parte desconhecida da cidade. Na estação final o condutor me pediu para descer próximo de uma árvore.

Todas as ruas do caminho de volta estavam cercadas com muros largos.

Eu olhava para os blocos de apartamentos como se estivesse diante de um barranco e dizia para mim mesma que as pessoas lá em casa não ficavam deitadas nas ruas, mas sim em camas com tampas, diante das quais nos sentamos e rezamos.

E ainda ficamos com eles muito tempo em casa, com os mortos. Somente quando suas orelhas ficam esverdeadas nas extremidades pela decomposição é que paramos com o choro e os carregamos para fora da aldeia.

E dizemos que o último defunto vigia o cemitério até a próxima pessoa morrer.

* * *

Salamandras chiavam num ninho, que se assemelha a uma mão cheia de cabelos de milho triturados. De cada camundongo nu saltam olhos fechados e grudados. Perninhas fininhas como linha molhada. Dedos retorcidos.

O pó levanta do assoalho.

As mãos tornam-se brancas como giz e o pó, que se deposita na pele do rosto, dá a sensação de ressecamento.

Cestos trançados de capim com duas alças, que cortam a palma das mãos. Crescem calos e bolhas d'água nelas, quentes e duras nas quais a dor lateja.

Os velhos camundongos são cinza e fofinhos como se eles tivessem sido acariciados a vida toda. Eles correm quietos para cá e para lá e arrastam com seu andar um longo cadarço redondo. E a cabeça deles é tão pequena como se, dessa caixa craniana, eles tivessem que enxergar tudo afilado, estreito e achatado.

Veja quantos estragos eles causam, diz mamãe. Todo aquele debulho já foi milho, e eles devoraram tudo.

Debaixo de uma espiga de milho um nariz fareja, em seguida dois olhos piscam. Mamãe já está com uma espiga de milho na mão. O golpe atinge o crânio. O animal dá um gemido e do nariz escorre um fio de sangue. Tão pouca vida que mesmo o sangue permanece pálido.

O gato se aproxima, vira o camundongo morto de costas, novamente de barriga até ele não se mexer mais.

O gato arranca a cabeça, entediado. Há um ranger em seus dentes. Às vezes a gente vê seus dentes ao mastigar. O gato sai, lambuzado. A barriga do camundongo fica ali, cinza e mole como o sono.

Ele está satisfeito, diz mamãe. É o quarto que eu peguei hoje para ele. Ele mesmo não pega nenhum. Eles correm por entre suas patas e ele dorme, o preguiçoso.

Cestos são cheios com milho. O celeiro parece ficar cada vez maior. Quando ele estiver totalmente vazio ficará ainda maior.

As espigas de milho caem como que sozinhas em minhas mãos e caem como que sozinhas no cesto.

A palma da mão lateja apenas quando ela está vazia. Quando o milho esfrega nela, eu não sinto a dor, ela é tão forte, ela é tão grande que ela mesma se mata. Há um formigamento e então a mão com seu carpo e os dedos não existem mais.

Eu pego as espigas de baixo. Eu construo uma passagem para a fuga dos camundongos. Nessa hora, um grande nó de medo está preso na minha garganta, um grande nó de fôlego.

Dois camundongos sobem pela parede de sarrafos. Mamãe distribui dois golpes e eles caem no chão.

O gato arranca duas cabeças. Seus dentes rangem.

É outubro, e em outubro há a consagração da igreja.

O menino do vizinho atirou para mim em uma barraca de tiro ao alvo. Em uma placa de metal estavam desenhados uma galinha, um gato, um tigre, um anão e uma menina. O anão tinha uma barba e parecia um papai noel.

O homem da barraca de tiro ao alvo tinha só um braço.

Ele pegou o dinheiro que eu lhe oferecia nas pontas dos pés. Ele carregou uma espingarda com a mão e o joelho. Ele deu a arma para meu caçador.

Meu caçador colocou-se em posição. Em quem eu devo atirar, perguntou ele. Eu olhei as placas de metal pela ordem.

Na menina, disse eu, atire na menina.

Ele apertou tanto seus olhos que todo seu rosto parecia ter um lado só e tão austero como o rosto de um verdadeiro caçador.

Ele apertou o gatilho e a placa de metal caiu. Ela bamboleou de um lado para outro até ficar parada. A menina estava com a cabeça caída. Ela estava de ponta-cabeça.

Acertou, disse o homem da barraca de tiro ao alvo. Escolham alguma coisa bonita.

Em um varal estavam pendurados óculos de sol, colares, bonecas em vestidos duros e salientes de borracha e carteiras com fotos de mulheres nuas na parte externa.

No balcão havia bonequinhos que subiam e desciam e ratinhos. Um ratinho era especialmente gordo. Fiquei com ele.

Ele era cinza-escuro, tinha cabeça quadrada, orelhas de trapo, rabo de couro e uma bobina debaixo da barriga com um longo fio branco. Na ponta do fio estava preso um anel de metal.

Eu coloquei o rato na palma lisa da mão e enfiei a ponta do dedo no anel. Então eu tirei a mão.

O rato vibrou para o chão e descreveu um grande arco. Eu o olhei espantada.

Seu movimento estralava.

Depois que ele parou, eu ria de tempos em tempos.

Então rebobinei o fio de novo, coloquei novamente o ratinho na palma da mão e enfiei a ponta do dedo no anel. Então retirei a mão.

O ratinho vibrou para o chão e descreveu um grande arco, seu movimento estralou novamente e eu ri de novo.

Eu ri até tarde da noite, até que as lâmpadas da aldeia se acenderam.

A banda tocava. Os casais dirigiam-se para o início da dança. As crianças pulavam atrás do cortejo na rua. A gente não as via no meio da poeira que levantava. Eu as ouvia gritar. Nas esquinas elas dançavam em círculo, giravam muito e depois continuavam saltando.

Eu segurava meu ratinho nas mãos e fui para casa pela calçada. Naquela noite o ratinho ficou ao lado da minha cama no parapeito da janela.

A noite estava gelada. Nos celeiros os olhos brilhantes de gato atiçavam o fogo. Nevava sobre os cachorros que por ali perambulavam.

Eu ouvi o porco. Ele gemia.

Sua resistência era tão insignificante que as correntes eram supérfluas.

Eu estava deitada na cama. Sentia a faca em minha garganta.

Estava doendo, o corte era cada vez mais profundo, minha carne ficou quente e começou a ferver no meu pescoço.

O corte era muito maior que eu, ele crescia por toda a cama, ele queimava debaixo do cobertor, ele gemia no quarto.

As vísceras despedaçadas rolavam sobre o tapete, elas fumegavam e cheiravam milho semidigerido.

Um estômago cheio de milho estava pendurado sobre a cama em um intestino que ficava cada vez mais fino e pulsava.

Quando o intestino parecia querer arrebentar, eu acendi a luz.

Eu limpei o suor da testa com as costas das mãos.

Eu me vesti. Minhas mãos tremiam ao me abotoar. Minhas mangas, minhas calças pareciam um saco. Todas as minhas roupas pareciam um saco. O quarto todo parecia um saco. Eu mesma era como um saco.

Saí para o quintal e vi o grande corpo dependurado no cavalete. Bem no meio da neve havia um nariz redondo sangrando como um coração. Uma grande barriga branca como de um peixe prenhe. Um grande mamífero ruminante.

Manchas de sangue na neve. Branca de Neve tinha a pele tão branca como a neve e as faces tão rosadas como sangue. Neve respingada de sangue, neve e sangue sobre sete montanhas.

As crianças ouvem o conto de fadas e sentem suas faces aveludadas e lisas.

* * *

O frio come as cumeeiras das casas com seu sal.

Em alguns lugares as inscrições descascam. Letras e cifras caem nas estações do ano de onde estão assentadas. Nas cercas, os duros pica-paus acabam com os afazeres domésticos das mulheres, que durante o dia estão sempre sozinhas e que se prendem nas escuras dobras de suas saias. Elas entram e saem mudas em suas casas e atrás de suas costas as portas se encostam grasnando nos quartos.

Ao meio-dia elas quebram seu silêncio com gritos dirigidos às galinhas, que com a plumagem arrepiada voam atraídas pelos grãos de milho amarelos brilhantes, esparramam suas penas e trazem o vento das ruas.

As crianças saem da escola gritando. Os grandes colocam neve na nuca dos pequenos, batem neles com as bolsas nas costas, arrancam-lhes os bonés da cabeça e os jogam na sujeira e enfiam as cabeças deles na neve.

E, quando suas cabeças estão azuis de frio e de medo, eles choram angustiados e correm para casa com as roupas rasgadas.

Os homens enrolados nos cachecóis que saem da taberna com seus gorros de pele roídos por traças passam por ali sem pensar e conversam entre si. Seus lábios e suas pálpebras são roxas e eles se parecem com os bonecos da neve, que, com suas enormes barrigas que poderiam envolver a aldeia, surgem da neblina nas esquinas.

Na primavera, quando o sol lambe como uma espuma seus corpos endurecidos, aparecem sob suas barrigas as hastes de capim e nos porões colocam-se vigas, sobre as quais os homens andam como grandes pássaros do lodo em direção aos barris de vinho. E, quando o vinho gorgoleja em suas gargantas, gorgoleja também a água em seus sapatos.

Essa água é amarela e densa e, ao lavar, ela forma uma borra em vez de espuma e a roupa fica cinza e encardida.

As mulheres esvoaçam magras em seus vestidos longos pelas ruas.

Nas manhãs vazias elas caminham com os encaixes plissados de suas blusas e com as armações firmes de seus lenços de cabeça, que assentam pontudos sobre seus cabelos. Elas vão ao mercado e compram fermento ou uma caixinha de fósforos.

E a massa que elas preparam cresce como um monstro que rasteja através da casa, enlouquecido e embriagado pelo fermento.

No café da manhã as velhas retiram a nata do leite e mastigam pão doce molhado e ainda têm no canto dos olhos a remela da noite. E ao meio-dia elas mastigam o amido do macarrão redondo e branco.

Nas tardes de inverno elas ficam sentadas à janela e mergulham no tricotar de suas meias feitas com lã rústica. As meias ficam cada vez mais compridas e longas como o próprio inverno, têm calcanhares e dedos e são peludas, como se pudessem andar sozinhas.

E os narizes sobre as agulhas de tricô ficam cada vez mais compridos e brilham gordurosos como carne cozida. As gotas ficam penduradas por um tempo neles e cintilam, então elas caem nos aventais e desaparecem.

Nas paredes estão pendurados seus retratos de casamento. Elas estão com grinaldas pesadas sobre as finas blusas e nos cabelos. Elas têm lindas mãos finas sobre o ventre e jovens rostos tristes. E, nas fotos ao lado, elas estão segurando crianças pela mão e têm seios redondos sob suas blusas e atrás delas está uma carroça com feno.

Enquanto tricotam, franzinos fios de barba, que ficam cada vez mais pálidos e cinzentos, crescem em seus queixos, e às vezes um fio dali se perde na meia.

Seus buços crescem com a idade e, nas narinas e verrugas, os pelos despontam. Elas estão peludas e sem seios. E, quando elas terminam de envelhecer, elas se parecem com os homens e decidem morrer.

Lá fora cintila a neve. Ao lado dos caminhos os cachorros deixaram manchas amarelas de mijo na neve e arrancaram os restos da brenha rígida.

À beira da aldeia as casas tornam-se baixas, tão rasas que a gente não pode ver direito onde elas terminam. A aldeia se arrasta sobre as grandes abóboras verruguentas, que estão esquecidas no campo, até o vale.

Quando escurece, as crianças carregam suas horripilantes lanternas de abóbora embriagadas pela aldeia.

O miolo das abóboras é retirado. Na casca são recortados dois olhos, um nariz triangular e uma boca. Dentro da abóbora coloca-se uma vela. A chama ilumina através dos buracos dos olhos, do nariz e da boca.

As crianças balançam estas cabeças cortadas pela escuridão. Elas voltam chorando para suas casas.

Os adultos passam por elas.

As mulheres ajeitam seus xales e ficam com os dedos presos nas franjas. Os homens passam as grossas mangas do paletó no rosto.

A paisagem se dissolve no entardecer.

As janelas de nossas casas brilham como as luzes das abóboras.

O médico mora longe. Ele tem uma bicicleta sem farol e amarra uma lanterna no botão do paletó. Eu não sei quem é o médico e quem é a bicicleta. O médico chega muito tarde. Meu pai vomitou seu fígado. Ele fede lá no balde como terra podre.

Minha mãe está diante dele com olhos arregalados e abana o rosto dele com um enorme pano de prato e chora.

Na cabeça oca de meu pai a vela queimou alucinadamente até o fim.

* * *

À beira da aldeia está a louça velha. Panelas sem fundo, gastas e abauladas, baldes enferrujados, fogões econômicos com tampas quebradas e sem pés, canos esburacados de fogão. A grama cresce com flores amarelas cintilantes dentro de uma bacia sem fundo.

O verme morde a carne amarga dos abrunhos silvestres e produz um suco incolor através da casca da fruta esburacada e azul.

No interior do arbusto, as folhas sufocam. Os galhos se empurram para sair da cova, eles crescem e suas extremidades são longas e parecem pontiagudos aguilhões, que mudam de forma à procura da luz.

No vale há uma sólida ponte de ferro onde o trem passa, num mesmo nível, para outro povoado que é muito parecido com este. Embaixo da ponte há neve no inverno e sombra no verão. Água, nunca. O rio não se preocupa com a ponte, ele passa por ela. No verão, nos dias quentes, as ovelhas se reúnem ali.

As urtigas chicoteiam suas sombras móveis na aldeia. Elas se arrastam com seu fogo nas mãos e deixam atrás de si mordidas vermelhas e inchadas, cujas línguas lambem sangue e doem nas veias das mãos.

Os patos mergulham na lama quente do lago. Na outra margem eles surgem novamente brancos e secos na superfície, como se não tivessem estado em lugar algum.

Eles são gordos e têm asas raquíticas e seus cérebros econômicos e pouco irrigados esqueceram há muito que são pássaros.

As mulheres usam suas asas para limpar a farinha e as migalhas de pão das mesas.

De seus bicos pinga a lama que cai novamente no lago e desenha um tremor na água, que se apaga aos poucos.

No verão as mulheres arrancam de suas barrigas as penugens brancas. Os patos gingam o verão todo enfranjados pela grama e arrastam suas asas atrás de si e as confrangem como se fossem ombros e arrastam as patas seguindo os finos sulcos dos vermes e grasnam para dentro de suas goelas debicando os longos saltos dos sapos.

E quando chega o outono eles são abatidos.

Na parte de baixo do pescoço, no espaço de um polegar, as penas são arrancadas. A veia principal torna-se visível e se dilata e fica cada vez mais grossa e azul de medo. Vovó pisa com os chinelos sobre as asas. Então a cabeça é segurada para trás e a faca é enfiada na veia mais grossa e o corte se estende mais e fica maior. O sangue esguicha e pinga e corre então na vasilha branca. Está quente e o ar se torna negro e ameaçador.

Vovó está pisando com os seus chinelos nas asas, observa agachada e ausente uma mosca, coloca sua mão livre nas costas e reclama de suas dores na coluna.

O sangue acabou de pingar.

Vovó tira os pés das asas. O corpo vazio se repuxa nas membranas. A morte está lá, as penas brancas pertencem novamente a um pássaro. Agora ele vai voar.

O verão está no auge.

O pato desaparece no balde de água fervente. Vovó o puxa para fora pelos pés. As penas estão molhadas e agora parecem ralas. Vovó afundou um pássaro na água e retira uma meia de lã puída com uma cabeça que não quer fechar os olhos. Ela arranca as penas dos poros da pele amarela e as joga na água. Elas vão para o fundo. Algumas boiam na beira do balde, nadam em círculo como se estivessem procurando alguma coisa.

Vovó abre como uma tampa no peito. Ela a levanta. Sai um vapor e há uma sensação de calor e um cheiro de sapos semidigeridos.

No fino papo transparente assentou-se o verde mofo do lago.

Amanhã é domingo e, na hora do almoço, tenho um coração e uma asa no prato.

Lindo domingo, bom apetite.

Atrás dos celeiros, as cobras se enrolam no leite dos dentes-de-leão e nos cabelos dos cardos. Às vezes as folhas e as hastes se mexem. Não há ninguém lá. Nem o vento.

Olhamos ao longe. Cresce a cãibra que coloca seus ganchos na carne, eles escorregam nos ossos dos pés e caem. Olhamos para o chão e vemos, ao longe, seus sapatos ensanguentados se afastarem sozinhos e o medo se enrola através da branca plumagem suspensa dos dentes-de-leão fanados. Cada folha, cada haste se transforma em cobra. As criaturas formigam na alfafa, elas se aglomeram na garganta e na barriga.

À noite o sonho entra na cama pela porta do quintal.

Ali está o empilhador de feno com seu talo podre como o lodo. Longas cobras negras rastejam por ele e se revolvem dentro dele. Em seu interior a palha está seca e amarela brilhante como as flores das gramíneas. As cobras são frias e molhadas.

O quintal desaparece, os jardins desaparecem, a casa toda desaparece na palha. Não vemos mais nenhuma janela, nenhuma cerca, nem árvores, nem telhado. Mamãe sai com sua vassoura gasta na rua. E, quando ela quer começar a varrer, uma cobra sobe no cabo da vassoura. Ela joga a vassoura e sai correndo pela rua, pedindo ajuda. As janelas permanecem fechadas, as persianas permanecem fechadas. Não se vê nenhuma pessoa na aldeia.

Eu acordei, na nuca e na testa meus cabelos estão molhados e despenteados. Vovó diz que eu gritei no sonho.

As cobras recuam nas pontas dos dentes-de-leão.

E então, um dia, vovó trouxe novamente as cobras. Elas saíram do decote de sua blusa, de suas cordas vocais, de uma conversa que como sempre começa com "antigamente".

Ela adicionou o sal na massa que sovava, na qual seus braços desaparecem até os cotovelos. Eu acrescento água. Vovó, você tem mãos tão ásperas!

Antigamente havia muitas cobras na aldeia. Elas vinham da floresta pelo rio até os campos, dos campos aos jardins, dos jardins aos quintais, dos quintais às casas. Lá elas se enrolavam, durante o dia, atrás das escadas da entrada e, à noite, sorviam o leite fresco dos baldes.

As mulheres levavam consigo as crianças para o trabalho no quintal e na roça. Elas as colocavam em cestos de capim entre cobertas sob as sombras das árvores. Elas capinavam touceiras com grandes raízes e um monte de terra dos canteiros. Elas tomavam fôlego, capinavam e suavam.

Ela morava na periferia da aldeia. Ela estava na horta e colocara a criança no cesto sob a árvore. Ao lado do cesto havia uma garrafa de leite. Ela carpia a rama das batatas, olhava para o sol, cheirava a suor, abandonou a enxada e foi para debaixo da árvore.

Seu olhar ficou vazio, a roupa se colava em sua pele. Ela

ficou paralisada. Ela levantou impetuosamente a criança, que soluçava e gritava e, enquanto ela cambaleava na grama, a cobra saiu preguiçosamente do cesto para a grama e, em alguns segundos, os cabelos da mulher ficaram cinza.

Na horta ficou a enxada e, sob a árvore, o cesto. A cobra tinha sugado toda a mamadeira.

Os cabelos da mulher continuaram grisalhos e as pessoas da aldeia tinham finalmente a prova de que ela era uma feiticeira.

Elas passaram a falar apenas de feitiçarias e a deixavam sozinha. Elas a ignoravam e a xingavam, porque ela amarrava seu lenço de cabeça de modo diferente, porque pintava suas janelas e portas de cor diferente das pessoas da aldeia, porque usava outros vestidos e tinha outros feriados, porque nunca varria a calçada e, no abate, bebia tanto quanto um homem e se embebedava à noite e, em vez de lavar a louça e salgar o toucinho, ela dançava sozinha com a vassoura.

E, depois que seu marido ficou pálido e transparente na primavera, ele amanheceu, certo dia, rígido e frio na cama.

Ela precisou enterrá-lo no canavial atrás do cemitério, onde a água gorgolejava ao andar.

O junco neste verão estava alto e espesso como nunca.

Os sapos coaxavam e ficavam cada vez mais frios e estufados, as libélulas ficavam cada vez mais e mais crepitantes no voo, tremiam e ficavam penduradas no branco pó das trepadeiras. Elas estavam mortas e pousavam belas e vazias no junco.

À noite, saía fumaça do junco. A bruxa acendeu velas novamente.

Nesse verão a aldeia tinha um cheiro acre como nunca antes. O mato estava alto e queimava em todas as cores do desperdício.

As mulheres falavam cochichando quando se encontravam na rua e puxavam seus lenços de cabeça no rosto e começavam a ficar parecidas.

De tanto cochichar, suas vozes ficavam roucas como as dos homens e seus rostos duros.

Os homens se sentavam apertados nos carros que grasnavam para o campo e permaneciam mudos no trabalho. Eles passavam as foices no capim e suavam com o trabalho e com o silêncio.

Na taverna não se ria e nem se cantava. As moscas zuniam nas paredes canções inoportunas e perdidas.

Os homens estavam sentados sozinhos e abaixados atrás das mesas e despejavam a bebida ardente no fundo da garganta, deixavam então os curtos cílios caírem, fechavam os lábios firmemente e mexiam com seus maxilares para frente e para trás.

Os jardins tinham um cheiro úmido e amargo.

A alface crescia dura e avermelhada e sussurrava nos vãos dos seus canteiros como papel. E as batatas eram verdes e amargas embaixo de suas cascas e tinham bem no fundo de sua carne olhos abatidos. Eles eram pequenos e duros e ficavam durante o inverno na terra. Sua ramagem, no entanto, era alta e exuberante e espalhava suas flores no verão.

O rábano crescia espumante nos canteiros e suas raízes eram afiadas e lenhosas como nunca.

Os frutos da roseira brava continuavam verdes e azedos. O verão estava muito úmido para eles.

Em uma das esquinas estava a feiticeira.

As mulheres rasgavam seus brancos lençóis em tiras e as amarravam nas hortas. Acima das tiras, o céu estava negro de espantalhos. Todas as hortas estavam cheias deles.

As mulheres enchiam de palha os ternos dos maridos e os espetavam em postes altos. Colocavam neles chapéus e estes balançavam ao vento, eles não tinham cabeças nem rostos.

Os pássaros estavam debilitados e permaneciam gritando no ar. A fome pairava. Ela crescia na floresta e evitava a aldeia, que parecia uma ilha negra.

E, quando o inverno chegou, as hortas desfolhavam. Os canteiros estavam duros e vazios. Os espantalhos ficavam nos postes e, como uma advertência, cresciam no ar quando nevava. Eles se tornavam grandes mágicos de gelo e porcelana e se erguiam bem alto, bem acima das árvores.

De seus chapéus, a neve caía na aldeia, as nuvens se aglomeravam sobre seus ombros. As gralhas voavam de seus pescoços para o vale.

Nevava ao longo do corredor, que era um degrau mais alto que a rua. No quintal o capim seco quebrava. As galinhas acocoravam-se nas portas uma em cima da outra. Na casa os ramos estavam espalhados por toda parte. Nos cômodos estalava como na floresta. No meio do cômodo estava um talho e ao lado um machado.

No poço se perde o som do machado. A feiticeira racha sua lenha novamente no cômodo. Sua chaminé exala um cheiro de maçãs queimadas.

Os papais noéis perambulam pela aldeia.

As crianças têm medo das nozes e das laranjas deles.

Feliz Natal!

No Ano-Novo chega uma carta à aldeia. O carteiro observa longamente o carimbo. Ele é de um povoado desconhecido de algum lugar do país. O nome Lena não existe na nossa aldeia. A carta só pode ser para esta colona, para esta jovem feiticeira de cabelos grisalhos.

* * *

Vovô sabe, às vezes, que ele não sabe o que sabe. Então, ele anda sozinho pela casa e pelo quintal falando consigo mesmo. Uma vez, quando ele picava nabos no estábulo, eu o vi e ele não me viu. Ele falava alto para si mesmo, movimentava os braços sem largar o machado. Ele picava no ar, levantava-se e circulava o cesto de nabos e seu rosto se desfigurava cada vez mais. E, por um instante, ele pareceu tão jovem, como ele não parecia havia muito tempo.

Vovô fica puxando seu espesso bigode. Fios de barba ficam em sua mão. Ele os observa e os joga no chão e não se esquece nem uma vez de pisar sobre eles.

Vovô está dormindo há algumas noites no estábulo, em cima da carga de feno. A vaca deve parir. Ela está com o traseiro contra ele e joga um esverdeado e fino excremento de nabos na palha que espirra nas paredes e fica grudado como moscas na parede caiada e evapora no ar. Neste ar quente, a vaca esquece de parir.

No calendário católico da cozinha, o dia marcado já passou há muito tempo. Ao lado de uma data circulada está escrito: vaca prenhe. E ao lado de outras datas está escrito: tabaco entregue, compra de porcos.

Eu observo a grande barriga dura da vaca e duvido que ela continue viva com esta barriga. Acho que ela tem apenas uma grande pedra lá dentro.

Hoje também não poderei estar presente quando ela parir. Só vejo sempre o bezerro pronto ao lado dela na palha. Ele não consegue ficar em pé e suas pernas tremem. Eles o cobriram de farelo e a vaca lambe o invólucro escorregadio de seu couro.

Estou muito indignada de novo com o costume de cobrir o bezerro com farelo. Eu sei que isso também é um engano.

O gato também me mostra sua orelha rachada e a neve está respingada de sangue. Mesmo quando o verão chega, a mancha permanece, ela sempre fica lá, porque eu a vi neste lugar.

Minha boneca de dormir está com o rosto voltado para o estofado da cadeira. Eu a coloco de costas. O nariz dela está cortado. Ela está usando grossos vestidos de inverno. Seus olhos estão arruinados. Olho para dentro deles, eles formam um buraco fundo com bolas de plástico que estão presas por uma mola. Assim são os belos olhos azuis de minha boneca.

Flores de gelo tecem sua folhagem espessa sobre as janelas. Sinto um gostoso arrepio na pele. Minha mãe corta minhas unhas tão curtas que as pontas dos dedos doem. Sinto que não consigo andar direito com as unhas recém-cortadas.

Sempre ando sobre as mãos. Também sinto que com estas unhas curtas não consigo falar direito e nem pensar direito. E o dia não é nada mais que um enorme esforço.

As flores de gelo engolem suas próprias folhas, elas têm o rosto de olhos cegos e leitosos.

Na mesa fumega a quente sopa de macarrão. Mamãe diz: nós vamos comer e, quando eu não estou bem perto da mesa, depois da primeira vez que ela chamou, sua mão dura deixa marcas na minha face.

É preciso chamar o vovô muitas vezes. Às vezes acho que ele faz isto por amor a mim. Eu gosto dele quando ele não obedece à mamãe.

Ele lava suas mãos tirando o pó de serra e se senta em seu lugar na ponta da mesa.

Ninguém fala mais uma palavra. Minha garganta está seca.

Eu não posso pedir água porque não devo falar durante a refeição.

Quando eu crescer, vou cozinhar flores de gelo, vou falar durante as refeições e beber água após cada bocada.

* * *

Papai entrou pela porta e tinha estilhaços brilhantes e transparentes sobre as botas. Ele tirou as luvas e se sentou na cadeira.

Onde ele estava parado, formou-se uma poça de água gelada e trêmula no chão e por onde ele andava deixava uma sola de sapato molhada no assoalho.

Então papai tirou as botas. Elas eram apertadas e feitas de um couro de vaca muito duro.

Papai puxou de seus canos os panos que cobriam seus pés. Eles estavam molhados da água da neve e do suor e enovelados com o andar.

O pé de papai tinha uma sola e a sola tinha também no inverno um calcanhar grande e rachado. E, à noite, quando papai ralava esses grandes calcanhares rachados com uma telha, eles não ficavam mais lisos e nem macios. Eles pertenciam a ele, assim rachados e duros como eram. E eu acho que não havia ninguém na aldeia que não possuísse calcanhares grandes e rachados. Talvez também fosse o solo no qual a aldeia estava, que todos chamavam de campo, o responsável por esses calcanhares. O solo era pegajoso e renitente. Mamãe pendurava os panos de pés na barra do fogão econômico. Eles eram de um tecido listrado de um vestido meu de domingo que ficara pequeno. Eu ganhei o vestido na Páscoa e tinha ficado muito orgulhosa com o presente.

Naquela época o fotógrafo estava na aldeia. Eu era gorducha e tinha dobrinhas nos pulsos. Usava um coque na cabeça que nos feriados estava sempre umedecido com água açucarada e que era enrolado com o cabo de uma concha. Ele estava torto como em todos os feriados porque mamãe chorava ao me pentear, pois papai tinha voltado novamente embriagado da taberna.

O feriado estava estragado como todos os feriados nesta casa.

Isto também pode ser observado nessa foto, no coque torto dos cabelos de água açucarada e no meu sorriso torto.

* * *

Eu ia para o quintal penteada e vestida e me trancava na privada, abaixava a calcinha e me sentava na fedida casinha chorando alto para mim mesma. Chorava lá para ninguém me apanhar e, quando ouvia passos lá fora, imediatamente me calava e fazia barulhos com o papel higiênico, pois sabia que nesta casa não se podia chorar sem motivo. Mamãe me batia às vezes quando eu chorava, e dizia, bem, agora você finalmente tem um motivo.

Eu limpei assim mesmo o bumbum com o papel higiênico e olhei para o buraco abaixo de mim e vi as fezes nas quais os vermes brancos rastejavam. Via as pequenas fezes negras e sabia que vovó estava novamente com o intestino preso, via as fezes amarelas brilhantes de meu pai e as fezes avermelhadas de minha mãe. Procurei as fezes de meu avô e mamãe gritou meu nome no quintal, e, quando finalmente eu estava no quarto diante dela, ela parou de vestir sua meia e me deu uma bofetada dizendo, você tem que responder quando estou chamando.

E, quando chegamos à casa da vovó, que morava do outro lado da aldeia, mamãe chorava e dizia que meu pai voltava todo dia embriagado para casa. Papai estava sentado à mesa e não mexia no copo de vinho que vovó tinha colocado à sua frente; levantou-se, colocou seu casaco sob o braço e saiu. Mamãe se apoiou com as palmas das mãos no fogão de ladrilhos e soluçava. Eu mordiscava um pedaço de bolo.

Mamãe apoiou o corpo todo no fogão de ladrilhos e chorava gritando. Então ela viu, de repente, que eu estava sentada no banquinho e a olhava e de repente ela gritou comigo e com Heini. Vão para o quintal, vão brincar!

* * *

Heini e eu estávamos em pé no quintal e não dizíamos nenhuma palavra. Heini mordia seu dedo indicador.

Eu caminhava a esmo pelo quintal, Heini desapareceu entre os pés de milho na horta. Eu estava do lado do monte de areia. Na areia brilhavam muitas micas. A areia estava seca, apesar de o brilho dentro dela parecer úmido.

Eu comecei a construir uma casa.

Por que denominamos tudo que as mães fazem de trabalho e o que as crianças fazem de brincadeira? Minha casa trincou com o sol. Eu alisei suas paredes. A casa da vovó tinha paredes molhadas e mofadas. Vovó as pintava de branco com frequência, porém o mofo sempre aparecia de novo. Ele era salgado.

Nas noites de verão, quando as cabras vinham do pasto, elas lambiam as paredes. No interior da casa havia um rastro de areia seguindo as paredes, que as formigas faziam com a areia da rua.

Também havia formigas no chão do quarto. Vovó não tinha

nada contra formigas. Uma vez elas estavam no açucareiro. Havia mais formigas do que açúcar ali. Elas pareciam papoulas e formigavam.

Eu tinha medo delas, elas eram tão pequenas e incontáveis e não faziam nenhum barulho enquanto trabalhavam. Vovó as tirou do açúcar e dizia que formigas não são sujas nem venenosas e que a gente ainda poderia aproveitar o açúcar.

Eu não queria aquele açúcar e despejei meu chá no balde de água potável quando vovó saiu da cozinha.

De dia era verão. Quando escurecia, a estação do ano não tinha mais sentido, pois não se via mais nada dela. Era apenas noite. Lá fora uma tempestade estava se formando. A chuva batia no telhado. A água caía das calhas.

Vovó se cobriu com um saco e carregou a grande tina de madeira embaixo da calha. Ela queria pegar água de chuva.

Água de chuva — do nada, pensei em veludo. Era macia e o cabelo ficava sedoso e assentado com a água.

A noite tinha chegado. Eu nunca sabia como era esse anoitecer silencioso. Toda noite o verão se afogava brutalmente no meio da aldeia. Em toda parte ficava muito escuro e mortalmente silencioso.

Ainda relampejava e trovejava. As cobertas estavam sobre mim e pareciam neve de tão pesadas. Eu tinha muito capim molhado na garganta.

O quarto clareava de tempos em tempos. As grandes caixas vazias que vovó guardava, há muitos anos, rangiam. No teto do quarto se mexiam animais fantasmagóricos de muitas pernas com as manchas de luz e sombra. Os fios do telégrafo batiam um no outro e atiravam as ruas para lá e para cá.

Lá fora na noite, as árvores se chicoteavam. Eu as via através das paredes. A casa da vovó parecia uma casa de vidro.

As árvores eram esbeltas e mesmo assim não se quebravam. Elas se aproximavam cada vez mais de minha cama e irradiavam muito frio.

E eu as queria beber, porque elas eram tão sem cor e tão frias, mas elas me cortavam no rosto e diziam, nós não somos de água, nós somos de vidro. A chuva também é de vidro.

Então o quarto ficou vazio. O trovão puxava as persianas.

Eu ouvia a urina que Heini deixava cair no urinol e sabia que não estava sozinha neste quarto. Chamei Heini pelo nome e ele perguntou, fazendo xixi: você está com medo?

Um pouco. O raio clareou o quarto.

Eu vi como Heini segurava o urinol na mão e estava ali com os joelhos dobrados. E com a outra mão ele segurava seu membro. Estava muito branco no clarão do relâmpago.

Eu também precisava urinar. Levantei-me e me sentei no urinol e repuxei a barriga para disfarçar o barulho da urina. Mas ele se tornava cada vez mais alto embaixo de mim, eu não tinha força, não conseguia mais fazer com que gotejasse.

Ele corria morno de mim. Ele marulhava.

Heini me chamou para deitar em sua cama. Eu não tenho medo do raio, dizia ele. Eu me deitei sob as cobertas ao seu lado e olhava para o quarto. Um desses animais das manchas de luz estava pendurado na ponta da caixa.

Eu observava.

Eu poderia lhe querer bem se você não urinasse de uma maneira tão esquisita desse prolongamento. Ele é tão feio.

Deixe estar, amanhã vamos cortá-lo.

Eu tenho medo de ter um filho seu. Eu acho que não podemos, nós urinamos no mesmo urinol.

Deixe estar, então nós vamos nos casar.

Mas você é meu primo.

Vovó urina tanto. Ela tem uma barriga tão caída.

Como você sabe disso?

A gente vê pelas suas saias.

Até o dia deixar os ruídos do verão passarem pelas paredes. A aldeia estava na rua.

Fui para casa entre os pescoços dos gansos. Eles cochichavam atrás de mim e eu tinha medo e andava mais depressa. Muitas vezes eu corria.

O cachorro latia pra mim como se eu fosse uma estranha. Mamãe estava no trabalho. Papai estava no trabalho. Vovô estava no trabalho.

Vovó estava em casa.

Vovó era a mãe de minha mãe. A aldeia estava cheia de avós.

Eu precisava descascar batatas. A faca me cortou o dedo.

O amido queimava na ferida. Sobre a batata descascada havia sangue. Deixei o tubérculo cair na água. Retirei-o e o cortei em pedaços. Eu não sabia de que lado cortar. Há tantas decisões a serem tomadas para cortar uma pequena batata. Quão grande e quão larga precisa ser uma fatia de batata bem cortada? Provavelmente não havia nenhuma bem cortada. Isso ninguém sabia.

A última fatia estava torta e horrível. Eu a enfiei na boca e a mordi e a cuspi sobre as cascas de batata. Mastigada assim tão pequena ela parecia vômito. Coloquei longas cascas de batata em cima para escondê-la.

Vovó espalhou a farinha sobre a massa, sovou-a com todos os detalhes. Ela sempre cortava uma ponta da massa e a pincelava com clara de ovo. As saias da vovó balançavam. Seu avental estava cheio de farinha.

A outra avó tinha seios grandes e esta quase não tinha seios. E a outra avó tinha uma barriga caída. Heini viu. Provavelmente todas as avós têm uma barriga caída. Só que com esta avó não dá para ver isso através das saias.

Quem sabe Heini poderia ver. Mas ele só tem uma avó e eu tenho duas. Para Heini tudo é fácil. Heini sabe tudo.

Os sinos chamam para a missa da manhã. Da torre da igreja esvoaçam bandos de pardais que voam para os altos choupos. Os galhos batem uns nos outros. Eles sempre estão em movimento e trazem vento para a aldeia em círculos grandes e gelados que os homens, ao caminhar, precisam segurar o chapéu com uma das mãos. As folhas que caem dos choupos são verdes e saudáveis como o verão. O prefeito diz que a queda de folhas em pleno verão provém do toque do grande sino, que há anos está desafinado por causa da ferrugem que se assentou sobre ele. E o padre lhe responde dizendo que o pequeno sino está pendurado muito baixo na torre da igreja. Por isso há constantes divergências entre o padre e o prefeito da aldeia.

As mulheres dobram a esquina. Elas passam pela cruz e fazem três vezes o sinal da cruz, uma vez elas tocam com os dedos a testa, a outra a boca e a outra o peito.

Então elas sobem os quatro degraus e levantam as saias nos quadris para não pisar na barra. Na barra as saias são mais pesadas, mais largas e mais bonitas.

Lá há uma pesada porta de madeira e pesadas paredes cegas que bem no alto possuem pequenas janelas com vitrais coloridos que mostram cores que não se encontram nem na igreja e nem nas ruas. A missa não pode sair para a rua e a rua não pode entrar na igreja. Há um ranger e então a pesada porta de madeira está novamente fechada e a música do órgão paira pelo ambiente e zune como abelhas ao redor da cabeça, até que os ouvidos se acostumam e as frontes não martelam mais na música, até que os olhos não ardem mais no leite das velas.

As mulheres mergulham rapidamente as pontas dos dedos na pia de água benta e fazem de novo a cruz na testa, na boca e no peito e então se dirigem para o banco com cuidado, como se elas próprias não quisessem se sentar, no qual ainda há uma vaga entre as saias. Ao lado do banco elas fazem uma genuflexão e colocam suas saias sobre o chão e então se levantam e sentam-se no lugar vago e fazem novamente a cruz e com a terceira cruz no peito entram no meio da oração.

O órgão ressoa lá em cima no coro.

O acionista do fole tem olhos azuis colados, que se tornam cada vez menores e que recuam cada vez mais na cabeça. Ele tem cabelos muito brancos e tufos gelados e rígidos de grama na boca e ao redor dos olhos. Quando fala, sua dentadura balança. Quando ri, ela cairia no chão se ele já não colocasse a mão sob o queixo antes de rir. Quando ri muito e abre muito a boca, a dentadura lhe cai todas as vezes na mão.

Ele a coloca na boca com olhar desconcertado, mas a risada acabou. Ele nunca consegue terminar de rir o riso. E às vezes diz que o envelhecer é feio.

Há um ano sua dentadura era muito pequena. Ela feria sua gengiva. Ele foi com os maxilares escoriados ao dentista da aldeia. Este escancarou a janela e atirou a dentadura para longe, para o jardim da igreja. O acionista do fole caminhava no meio da alfafa. Ela tinha sido ceifada há pouco e se via a dentadura de longe. Por um instante, ela lhe pareceu tão estranha quanto a dentadura de um cachorro. Ele a pegou do chão e limpou a terra que grudava nela com seu lenço. O dentista ainda continuava na janela e esticou o braço e tinha rugas de medo no rosto. Ele mexia os dedos como se acenasse. O acionista do fole colocou a dentadura em sua grande mão branca e, quando estava novamente no consultório, o dentista limava prontamente o lado de dentro dos dentes e jogava a farinha branca no chão e estava quase amigável. Contudo, o acionista do fole cravava os olhos nos alicates e tesouras que estavam nas toalhas brancas. Quando o dentista queria lhe colocar a dentadura na boca, ele pressionou fortemente os lábios e estendeu a mão. Com a dentadura na mão, ele saiu sem se despedir.

Lá fora ele colocou a prótese no bolso do casaco. E diante da porta da casa ele a colocou na boca. Agora ela caía. Ela era muito grande. Mas desde então o acionista do fole nunca mais foi ao dentista.

Enquanto aciona os foles do órgão, ele segura o chapéu na mão e se apoia com a outra mão na parede da caixa do órgão. Ele pisa na tábua do fole em intervalos regulares e compassados como se andasse de bicicleta, como se quisesse colocar a caixa do órgão em movimento. E as tábuas e toda a igreja começam a tremer sob seus pés.

Ao pisar, ele fecha os olhos e se perde em seus pensamentos, que às vezes arrebentam como cadarços gastos, porque adormeceu. Mas mesmo adormecido ele pisa na tábua do fole em intervalos regulares.

Ao pisar nas tábuas, os botões de sua calça sempre se abrem. O acionista do fole fecha-os após cada canção, e, quando ele esquece, fecha-os apenas depois da missa, e quando ele também esquece aí, apenas em casa, quando sua mulher enche a casa gritando a palavra vergonha, andando entre tigelas e panelas. Novamente ela salga a comida demais, como todo domingo, e esquece o bolo no forno.

Vovó está sentada no quinto banco comigo. Ao meu lado está sentada a comprida Leni. Ela é a mulher mais alta da aldeia. Na rua ela não é tão alta. Mas aqui ela está sentada tão imóvel, com um rosto petrificado. Ela parece dura como um bastão. Suas roupas são limpas e bem passadas. Sobre sua blusa há muitas carreiras de cordões de veludo costuradas. Em seus aventais há buracos bordados com seda negra, que brilham mesmo quando nenhum raio de sol cai sobre eles. A comprida Leni tem dedos longos e retos e seus ombros são tão retos como um cabide. Ela é bonita, mas parece muito distante e fria. Eu me afasto dela e escorrego para bem perto do avental de minha avó. Vovó olha zangada para mim.

Apoio a parte de trás da cabeça na nuca. O céu é também um muro na igreja. Ele é azul e está salpicado de estrelas.

Pergunto para a vovó qual é a estrela vespertina, e ela cochicha "boba" e continua rezando. E eu continuo a pensar que Maria não é uma Maria de verdade, mas sim uma mulher de gesso e que o anjo não é um anjo de verdade e que as ovelhas não são ovelhas de verdade e que o sangue é apenas tinta a óleo.

A comprida Leni reza em meu ouvido, ela é a Leni de verdade. Eu olho para a vovó, não para seu rosto, mas sim para suas mãos.

Todos os tendões estão estirados ali, não há mais carne ali, apenas ossos e pele seca. Eles poderiam, a qualquer instante, entorpecer com a morte, mas ainda se mexem ao rezar e o rosário faz ruído.

Ele se pressiona entre os ossos da mão da vovó e causa manchas roxas nestas pequenas mãos calejadas que são como o próprio trabalho, tão arruinadas como a dura lenha que está em toda parte pela casa, tão arranhadas, tão entalhadas e antigas como seus móveis. Sobre os bancos há longas e grossas almofadas que vão de um banco para o outro e que se parecem com boias.

O padre conseguiu essas almofadas para que as pessoas da aldeia também viessem à igreja no inverno.

Tremo de frio, mesmo no verão, quando me sento nesses bancos. Sempre está escuro aqui, e os calafrios que me acometem sobem dos ladrilhos. Eles são alarmantes como uma grande superfície de gelo quando já se andou muito sobre ela e quando não se têm mais pernas e precisa-se ir embora de cabeça para baixo.

As paredes, os bancos, a roupa de domingo, as mulheres murmurantes caem sobre mim e eu também não posso me defender rezando, nem mesmo diante de mim. Meus lábios ficam frios.

Wendel veio com sua avó até a igreja. Precisei segurá-lo pela mão, desde casa até a porta da igreja. Precisei andar com ele por toda a aldeia, pela vazia rua da aldeia, atravessar a rua na qual se pode ver o besouro que rasteja pela rua. Wendel está sentado lá em cima no coro, ao lado do acionador de fole do órgão, e observa o pé calçado pesadamente.

Todo domingo, quando saímos da igreja, Wendel me conta que ele também quer ser acionador de fole. A gente pisa na tábua e tem seus pensamentos na cabeça, a gente pisa e os outros, todos os outros, começam a cantar, e, quando a gente para de pisar, eles param de cantar. Certa vez, Wendel estava sentado na frente, no banco das crianças. Ele rezava alto com as crianças e confundia as que estavam do seu lado com sua gagueira.

O padre jogou um pedaço de giz do púlpito. Wendel tinha um risco de giz na gola do casaco. Ele emudeceu e ficou sentado imóvel, porque não se pode chorar durante a missa, a menos que se chore durante ou depois do sermão.

Também não se podia levantar.

Desde então, depois que fechou a porta da igreja atrás de si, Wendel sobe as estreitas escadas feridas que levam à tribuna do órgão.

Ele está sentado num banco vazio ao lado do acionador de fole do órgão.

Do outro lado, num outro banco vazio está sentado o corcunda Lorenz.

Lorenz também é acometido dessa forte tosse seca durante a missa. As mulheres do coral voltam a cabeça cantando para ele e fazem caretas irritadas. Lorenz olha para as gargantas delas, que se mexem para cima e para baixo ao cantar. Ele vê como as veias incham em seus pescoços e recuam novamente na pele. Mais uma vez Kathi está com uma mancha vermelha de chupada no pescoço que se movimenta com a garganta.

Lorenz desvia o olhar para o assento do banco que está abaixo de seus cotovelos. Há nomes e datas gravados neles com corações e setas e arcos. Muitos deles Lorenz mesmo gravou.

Lorenz gravou seu próprio nome na madeira com um longo prego.

Lorenz escreveu seu nome na caixa do órgão e o vemos de longe. Lorenz gosta de desenhar letras grandes.

No pilar principal está escrito: *Lorenz + Kathi*. Lorenz mesmo escreveu. Também na parede empoeirada da caixa do órgão está escrito *Lorenz* e a palavra fica escrita lá até uma cantora de coral encostar suas costas nela.

Quando acaba o canto, começa lá embaixo o murmurar das orações. Todas as mulheres se ajoelham e fazem essa cruz tríplice murmurando "Senhor, eu não sou digna", e fazem novamente uma cruz e se levantam.

Eu rezo. Vovó me cutuca com a ponta do joelho na perna, rezo mais baixo. Eu quero rezar para me livrar da culpa. Sei que papai quebrou a perna do bezerro.

Na aldeia não se deve matar bezerros e nem destilar aguardente. No verão toda a aldeia cheira a aguardente como um grande alambique. Cada um destila sua aguardente em qualquer lugar atrás do quintal, atrás da cerca, e ninguém fala disso, nem mesmo com seu vizinho.

De manhã papai tinha atravessado a perna do bezerro com uma enxadada. Depois disso ele foi buscar o veterinário.

O veterinário chegou perto do meio-dia com sua bicicleta. Ele a encostou na ameixeira e, quando desapareceu atrás da porta do estábulo, as galinhas já voavam sobre a bicicleta.

Papai explicou para o veterinário, em romeno, como o bezerro tinha prendido a pata na corrente do coxo de comida, como ele não tinha conseguido se soltar e como ele caíra com o corpo todo sobre a barra e quebrou a perna.

Enquanto papai explicava o ocorrido, acariciava o lombo do bezerro. Eu olhei papai no rosto. Não se via nele que ele não estava falando a verdade. Eu queria empurrar sua mão do lombo do bezerro, queria jogar sua mão no quintal e triturá-la. Eu queria que seus dentes caíssem por causa dessa mentira.

Papai era um mentiroso. Todos que estavam ali mentiam por se calarem. Todos olhavam embasbacados no vazio. Eu olhava para eles seguindo a fila, esses rostos feios e ensebados, esses narizes, esses olhos, essas cabeças vilosas e peludas. A barba rala de papai dobrava de volume e ocultava sua brutalidade. As mãos de papai agarravam as palavras mentirosas e faziam tudo o que faziam para convencer.

Então o veterinário retirou um caderno de seu bolso engordurado. Escreveu na folha e arrancou-a e segurou na frente do rosto de papai. Enquanto o veterinário escrevia e agia como se não tivesse percebido nada e continuava escrevendo, papai já tinha enfiado no bolso da calça dele uma nota de cem.

Então ele segurou o bilhete na mão onde estava escrito que o bezerro sofreu um acidente. Era a necessária aprovação da morte.

O veterinário também bebia a oitava dose de aguardente em um só gole, então espantou as galinhas de sua bicicleta. Elas voavam e cacarejavam no ar. No selim da bicicleta havia um monte de cocô fresco de galinha. Eu me alegrei ao vê-lo borrar o selim todo ao tirar o cocô. A bicicleta dirigia-se para o portão da viela e o veterinário atirou-se de lado sobre a bicicleta, saindo encurvado dali. Seus quadris caíam de ambos os lados do assento como a massa de pão da vovó, que saltava da borda da bacia. A bicicleta rangia sob seu peso. O tio trouxe um grande martelo do quintal.

Mamãe amarrou-lhe o avental. Em seus quadris havia uma grande malha. Então ela enrolou as mangas da camisa dele até os cotovelos e não queria mais parar de enrolar. Mamãe parecia muito inoportuna porque ria bastante ao fazer isso.

Mamãe dobrava também as mangas da camisa de papai, ela foi muito rápida e não foi inoportuna. Mamãe também dobrou suas próprias mangas da blusa e o fez rapidamente e com isso não tinha rosto no rosto.

Vovô puxou seu braço e ele mesmo dobrou as mangas da camisa.

Eu estava com medo. Todos eles tinham pelos nos braços. Puxei muito as mangas de minha blusa até cobrir as mãos e as segurava por dentro com os dedos, como um saco amarrado. Precisei ficar ali por um tempo com as mangas amarradas para não poder pegar com as mãos, para não poder arranhar e para não poder estrangular.

A andorinha ao lado da viga curvava-se com toda sua barriga branca sobre a borda do ninho e olhava para cá. Ela não gorjeava nenhuma vez. Quando o tio levantou o pesado martelo, eu corri para o quintal e fiquei embaixo do pé de ameixa tampando meus ouvidos com as duas mãos. O ar estava quente e parado. A andorinha não veio, ela precisava chocar seus ovos acima de uma execução.

Uma aldeia cheia de cachorros estranhos estava no quintal. Eles lambiam o sangue da palha do monte de esterco e carregavam cascos e pedaços de couro sobre o pátio. O tio interrompeu o rosnar deles. Eles não poderiam levar isso para a rua.

No estrume estavam dois olhos. Em um deles o gato deu uma bocada com seu dente canino. Estalou e uma lama azul espirrou na cara dele. Ele se sacudiu e saiu dali com duras pernas espirradas.

O tio serrou um osso que era tão grosso quanto seu braço. Papai pregava a grande pele malhada para secar na parede do celeiro. Lá estava o sol do meio-dia. Eu tinha, após umas semanas, a pele de um bezerro diante de minha cama.

Toda noite eu carregava o tapete da cama para fora porque sentia os pelos em minha garganta. Sonhava que precisava comer a pele com garfo e faca, que eu comia e vomitava e precisava continuar comendo e vomitava ainda mais pelos, e titio dizia, você precisa comer tudo ou você vai morrer. Quando eu estava morrendo, acordei.

Na noite seguinte, papai me forçou a cavalgar no bezerro. Ele nos tocava sobre uma campina. As flores eram numerosas e altas. Estávamos no meio do prado quando o bezerro quebrou a espinha dorsal sob mim. Eu queria descer. Todavia, papai gritou e continuou me impelindo pelos prados de toda a região e eram tantos que pareciam não terminar.

Papai nos fez atravessar o rio, papai berrava e nós cavalgávamos atrás de nosso eco através da floresta.

O bezerro ofegava e, com seu medo de morte, correu contra uma árvore e bateu a cabeça. Escorria sangue de suas narinas. Eu tinha sangue nos dedos do pé, nos lindos sapatos de verão, no vestido. Sob mim estava a terra cheia de sangue onde o bezerro sucumbiu.

Mamãe acendeu a luz e disse bom dia e colocou o tapete de couro de bezerro malhado diante da minha cama. Ao levantar o quarto girou, o sol quente batia no meu rosto e eu dei um passo muito grande para pular o tapete de couro de bezerro. À tarde mamãe veio com o balde de leite do estábulo para a cozinha. Havia espuma no leite. Eu procurava leite avermelhado na cuba. Precisava haver sangue ali. A cuba estava quente. Coloquei as mãos ao redor dela e fiquei assim por muito tempo.

A vaca mugia por dias na palha vazia. Ela não tocava na comida. Durante dias ela só sorvia água, apenas água e ao beber afundava a cabeça até as pontas da orelha no balde.

Toda tarde mamãe trazia leite quente de vaca até a cozinha. Eu lhe perguntei se ela também ficaria triste se me tirassem dela, se me abatessem. Eu caí contra a porta do armário, fiquei com um galo roxo na testa, o lábio superior inchado e uma mancha roxa no braço. Tudo isso da bofetada.

Mamãe dizia, agora acabou, chega de chorar. Precisei parar de soluçar no mesmo instante e no momento seguinte conversar alegremente com mamãe. Crianças não devem guardar rancor de seus pais, pois tudo o que os pais fazem, os filhos merecem, nada mais. Precisei reconhecer espontaneamente que mereci a bofetada e lamentar cada golpe que não atingiu o alvo. Vovó já trazia a grande vassoura. Havia caído uma tigela do armário quando caí sobre ele.

Vovó começou a varrer.

Mamãe lhe arrancou a vassoura da mão e a postou na minha frente. Eu varri amontoando os cacos e via a cozinha muito embaçada entre as lágrimas.

O cabo da vassoura era maior que eu mesma. Ele ia de um lado para outro diante de meus olhos. O cabo da vassoura girava, a cozinha girava.

Mamãe franziu o rosto. Mexa-se!

* * *

As mães caminhavam nas calçadas em suas saias suábias que são costuradas com peças inteiras de tecido, cujas pregas no andar se assemelham às copas das árvores que invadem os telhados das casas e empurram a aldeia nas ervas, estas que, quando venta, batem nos telhados e quebram as telhas. As mães usam lenços brancos bem passados sob a tira do avental. Elas saíram hoje de manhã das camas para chorar, tomaram café para chorar e para almoçar.

Elas embrulham cada trabalho na casa com manejos e movimentos e suas cabeças estão cheias com a procura pela ausência e fuga de si mesmas. Elas saem por um dia todo de si e entram na lenha e toalhas e latas de seus lares.

E à tarde elas afrouxam os cordões de seus aventais e blusas deixando-os cair no chão e tiram seus vestidos pretos dos armários.

E, quando elas se dirigem para os armários, olham para o

teto do quarto para não se verem nuas, pois em cada cômodo da casa pode acontecer alguma coisa que chamamos de vergonha ou impudico. É preciso apenas se olhar nu no espelho ou pensar nisso quando tocamos nossa pele ao calçar as longas meias. De roupas, somos gente e, sem roupas, não somos ninguém. A grande superfície de pele.

Elas se vestem de negro para chorar, desde os sapatos até as franjas dos lenços de cabeça engomados, e balançam nas pregas de um lado para outro.

Suas filhas superaram os trajes típicos apenas aparentemente. Em seus movimentos enrolam-se nas peças do vestuário suábio e seus corpos magros parecem não caber nas roupas, parecem se encontrar do lado de fora das costuras. Seus cérebros, porém, estão vestidos com isso.

Em suas roupas apertadas elas vão andando a passos pequenos com pernas nuas em uma dependência muda, ao lado das esvoaçantes blusas de mangas compridas com sombras. Elas também calçam sapatos pretos, meias pretas, mas transparentes, e vestidos pretos.

Nas mãos elas seguram essas grandes bolsas triangulares de verniz preto, que rígidas balançam de um lado para outro e parecem ser de lata. As bolsas estão murchas, pois dentro nunca há mais que um lenço e um rosário, e no fundo tilintam os trocados.

E elas não sabem como devem segurar essas bolsas, pois o carregar dessas bolsas não tem nada em comum com o manejar de cabos de vassoura, enxadas e facas de cozinha, nem com as palmadas com que criam seus animais domésticos e crianças. Elas as carregam por alguns passos na mão, deixando-as deslizarem nas dobras da manga torcida, onde estão penduradas como em ganchos pontudos. E ao andar batem em suas nádegas chatas, novamente as tomam nas mãos e esfregam com elas as coxas ao caminhar.

As filhas estão com os lenços de cabeça apesar do sufocante calor, porque seus cabelos são loiros ou pretos, em último caso, contudo, não pretos o suficiente, para chorar com eles.

Elas entram como bandos de pássaros negros na casa em que o vigia noturno mora, pisam no quintal com seu bloqueio mudo e cuidadoso, passam pela porta da cozinha aberta e veem ainda o resto da corda amarrada lá na viga.

Elas abrem os grandes olhos frios de peixe e carregam os calafrios para o cômodo iluminado por velas que está cheio de flores de plástico e cheiro de defunto, no qual o demônio entrevado está no espelho atrás da porta, coberto com aventais suábios negros, para que as orações dos vivos e a alma do morto cheguem ao céu. As mães e as filhas gotejam água benta com um ramo de cipreste no caixão e a água passa pelo véu e corre nas maçãs do rosto do morto para o pescoço machucado, e o rosto se torna verde-amarelado e inchado.

E, enquanto a água goteja, elas procuram uma cadeira com os olhos. Ao sentar, as mães puxam as pregas das saias e as filhas ajeitam as bolsas angulares sobre as coxas e as mães enrolam, com o nariz escorrendo, os rosários, que fazem o ruído da louça ao redor dos nós azulados de suas mãos, e as filhas tocam ligeiramente os lenços ao redor dos olhos e forçam as lágrimas no rosto. Os homens ficam no quintal e andam de um lado para outro e, diante da cozinha entre os enxames de moscas sobre suas cabeças, falam sobre o trabalho no campo e sobre o vinho nas adegas.

Atrás da cerca de arame no quintal há ainda as pegadas das galinhas e as noites de verão na cozinha nos tortuosos caminhos da areia. No ar há ainda os olhares revoltos pela geada, como empilhadores de feno, a febre nos pulmões roídos pelo câncer e o rosto da morte, que continuamente desce do pé de damasco, mudo e ágil como um gato. Sempre aparece inesperadamente mudo, irônico e fétido.

As flores balançam sobre os uivantes gatos enovelados nos canteiros, que bombeiam fervor em suas barrigas, gemem quando o sêmen lhes é esguichado na barriga e seus focinhos estão cheios de areia dos gritos.

As galinhas da amoreira foram espantadas do seu sono, voam por um tempo no ar e caem peludas no chão, vagueiam finalmente em círculos concêntricos na areia, em círculos cada vez menores, até que elas só tocam um ponto e se tornam tão pesadas que as pernas não mais as sustentam.

Então elas caem e curvam o pescoço, abrem o bico e se afogam na escuridão. A lua cai e cai.

Nos poros de suas peles palpitam piolhos que marcham em filas retas pelos jardins para outros quintais, para carnes vivas e quentes. As mães e as filhas saem do cômodo e vão para o quintal. Os homens vão à frente, aos pares na rua. As mulheres, de braços dados, vão aos pares atrás.

Os grandes instrumentos de sopro reluzem no sol.

A música se quebra nas paredes das casas e, quando chega ao final da rua, volta novamente para a aldeia.

O negro cocheiro, no entalhado carro fúnebre negro, chicoteia seus negros cavalos. Os cavalos estão com as pernas cheias de moscas. Eles vão com os traseiros voltados para o rosto do cocheiro e deixam cair sua urina na poeira, ficam com medo da música alta e trançam suas patas na confusão.

O padre passa com o turíbulo diante da igreja, pois muitos mortos, que não esperam resignados até que Deus lhes tome a vida e os presenteie com a morte, mas sim tiram suas vidas sem o temor de Deus, não são levados para a igreja. O padre tosse levemente de satisfação.

No cemitério, um bando de gralhas negras, que estão sobre a grande cruz branca de mármore que domina o cemitério e os pardais, sai vibrando dos abrunhos silvestres que orlam a beira do caminho em direção ao campo.

Diante do túmulo, o padre deixa uma grande e monstruosa nuvem branca de incenso no ar e canta. O padre atira o primeiro grande torrão no caixão e todos os pássaros negros picam um torrão como que atendendo a um sinal e os deixam cair na tampa. Seus olhos estão arregalados e eles se benzem. Os coveiros enfiam as garrafas de aguardente no bolso do casaco, cospem em suas mãos, pegam as pás e fazem um monte de terra úmida. Os bandos de pássaros negros se dividem na aldeia e se enfiam nas fendas das cercas e casas. As ruas ficam vazias. O sol se põe no campo de milho e tem um rosto vermelho e vaporoso.

* * *

Quando chovia, vovó olhava para nas borbulhas que batiam na calçada e sabia, então, quanto tempo ainda iria chover.

Ela previa a chuva, pois via nas vacas quando iria chover, e nos cavalos, nas moscas e nas formigas. Hoje temos um vento de chuva, dizia ela e, no dia seguinte, chovia. Vovó esticava a mão na chuva e ficava parada assim até que a água da chuva lhe batesse nos cotovelos. Quando suas mãos estavam molhadas ela saía da chuva.

Quando chovia, ela procurava algum trabalho no quintal e se deixava molhar até os ossos. Eram aqueles poucos dias em que ela andava sem o lenço na cabeça, em que eu via sua trança grossa e presa, na qual muita água se infiltrava e que ficava tão pesada que caía do lado. Também seus cabelos ficavam molhados até a raiz.

Dos jardins exalava um cheiro silvestre de plantas que atingia meu rosto. Ele se colocava amargo em meu palato e se tornava grudento na língua, quando eu respirava. Os arbustos menores arrastavam suas folhagens. A chuva caía.

Eu vestia um vestido úmido de ar. Encontrei um par de sapatos grandes do lado da porta. Eles pertenciam a papai como tudo aqui em casa pertence a alguém, especialmente as roupas e os sapatos e as camas. Em nenhuma noite as camas e os quartos eram trocados, em nenhum almoço os lugares na mesa, em nenhuma manhã papai e vovô trocavam suas roupas. Só eu que, às vezes, andava nos chinelos de feltros gastos, nos sapatos gordurosos de papai, com os xales da vovó cheirando a naftalina pela casa quando mamãe estava trabalhando.

Um sapo saltou sobre a calçada. Ele tinha uma pele flácida e grande demais, que fazia rugas por toda parte. Ele saltou nos morangos. Sua pele era tão sinistramente enrugada que nenhuma folha sussurrava.

Eu sentia frio nos calcanhares e na barriga das pernas.

O frio me contorcia as maçãs do rosto. Eu estava com os dentes gelados. Sentia frio no globo dos olhos. Meus cabelos doíam na cabeça. Sentia quanto eles tinham crescido dentro de minha cabeça. E estavam molhados até o couro cabeludo, ou apenas frios, mas isso era a mesma coisa. Os cabelos estavam arrumados e com as pontas expostas ao sabor do vento da noite, estavam quebradiços em seu comprimento e volume.

Tranquei a noite no quintal. A porta estava quente e seca do lado de dentro. A madeira fazia bem às minhas mãos. Passei as mãos muitas vezes sobre ela e me assustei ao perceber que acariciava uma porta. Coloquei meus pés um ao lado do outro e saí então dos sapatos de papai e fui para o corredor com as meias sobre as nuas tábuas do assoalho e meus tornozelos iam à minha frente para a cozinha. Abri a porta da cozinha, tremia por mais um tempo, e mamãe perguntou se estava frio lá fora, se estava frio de novo lá fora. Ela enfatizou as palavras de novo, e eu pensei que lá fora está frio, mas não frio de novo, pois todos os dias o frio era outro, sempre um frio diferente, a cada dia um novo frio cheio de aspereza. Mas não era frio, era apenas umidade. Você ficou com medo de novo, dizia ela.

Mamãe e papai já tinham jantado.

Vovó e vovô já estavam em seu quarto. Ouvia-se o rádio através da parede.

Na mesa da cozinha estavam os pratos com chucrute e linguiças defumadas. Havia toucinho e migalhas de pão sobre a mesa. Papai tinha empurrado muito sua cadeira e estava encostado na parede. Ele cutucava seus dentes com um palito de fósforo.

Eram as noites em que eu podia pentear os cabelos de papai. Papai tinha cabelos espessos. Eu podia afundar minhas mãos neles até a raiz. Os fios de cabelo eram frágeis e pesados. Às vezes um entrava sob a minha pele, então uma sensação de frio e calor se apoderava de mim.

Eu procurava os fios de cabelo branco. Estes eu poderia arrancar de papai, mas eram muito poucos. Às vezes não encontrava nenhum. Podia repartir o cabelo de papai, colocar fitas, colocar grampos de cabelos de arame apertados sobre seu couro cabeludo. Podia amarrar lenços de cabeça nele, colocar xales e colares.

Só não poderia tocar em seu rosto.

Contudo, quando eu fazia isso, mesmo sem querer, papai

arrancava as fitas e os grampos, os lenços e colares, me empurrava com o cotovelo e gritava: agora saia daí. Toda vez eu caía e começava a chorar, mordia o pente na minha dor e sabia, nesse instante, que não tinha pais, que estes dois não eram ninguém para mim, e me perguntava por que estava sentada nesta casa, nesta cozinha com eles, por que conhecia suas panelas, seus costumes, por que eu finalmente não ia embora para outra aldeia, para o desconhecido, e ficava em cada casa por apenas um instante e daí me mudava, antes que as pessoas se tornassem más.

Papai não dizia nenhuma palavra. Eu precisava saber de uma vez por todas que ele não suportava mãos em seu rosto: isso é minha morte.

Eu queria que uma mão nascesse de dentro do seu nariz ou de sua face e que permanecesse para sempre no rosto, que ele não pudesse empurrar para longe. Ele só tocava seu rosto ao lavá-lo e então eram suas próprias mãos e tinha mais espuma e sabão em seu rosto do que mãos. A cólera de papai pulsava nas maçãs do rosto e no queixo.

Ele queria ter brincado com você, dizia mamãe, mas você sempre precisa estragar tudo, e pare já de chorar.

Eu queria dizer alguma coisa, mas tinha a boca tão cheia de língua que não conseguia dizer nem uma palavra.

Eu olhava para minhas mãos. Elas pousavam diante de mim no parapeito da janela como decapitadas, totalmente inertes. Minhas unhas estavam sujas novamente. Cheirei minhas mãos e não pude identificar o cheiro. A sujeira não tinha cheiro e minha pele também não.

Eu mexia os dedos como se eles estivessem muito frios. Eles queriam cair no chão, mas fiquei sentada ereta na cadeira.

A fita vermelha estava caída ao lado do pé da mesa. Eu a peguei e a coloquei sobre o parapeito da janela. Logo a peguei novamente na mão e a apertei no punho. Quando abri as mãos, a pele estava enrugada e suada e a fita estava amassada e úmida. Limpei minhas unhas com um grampo e observei quão rasas e largas elas eram.

Papai estava sentado atrás de seu jornal. Ele se arrastava para dentro das letras. Atrás da parede o rádio do vovô falava sobre Adenauer. Mamãe estava sentada atrás de um pano branco. A agulha subia e descia entre sua testa e seus joelhos. Mais uma vez mamãe e papai conversavam muito pouco e deste pouco ainda muito sobre a vaca e o dinheiro. Durante o dia eles trabalhavam e não se viam, e, à noite, dormiam de costas um para o outro e não se olhavam.

* * *

Mamãe costurava um panô de parede. O panô do fogão econômico tinha muitas manchas de ferrugem do arame de roupas e estava puído. A mulher que estava no panô do fogão possuía apenas um olho. Seu outro olho e uma parte de seu nariz tinham ficado na máquina de lavar roupas. A mulher segurava uma bacia e tinha uma flor presa nos cabelos.

Eu gostava muito do que ela usava, sapatos de salto alto. Sob seus sapatos lia-se o provérbio: "*Querido marido, eu o aconselho a evitar taberna, vinho e cerveja. Esteja em casa sempre para o jantar, ame sua mulher, senão está tudo acabado*".

Mamãe tinha muitos panôs de parede pela casa. Sobre a mesa da cozinha havia um com maçãs e peras, com uma garrafa de vinho e um frango assado sem cabeça. Abaixo o texto "*Comida boa, preocupações esquecidas*".

Este provérbio agradava a todos em casa. Mamãe precisava anotá-lo num papel para muitos que vinham para nossa casa, porque eles também queriam bordá-lo.

Mamãe dizia que panôs de parede eram muito bonitos e, além disso, muito instrutivos.

Mamãe costurava apenas à noite, quando a casa estava limpa e o quintal frio e tão escuro que não se podia sair.

Durante o dia, mamãe não tinha tempo para costurar. E, dia após dia, ela dizia muitas vezes que não tinha tempo, que ela nunca conseguiria terminar todo o trabalho. Costurar não era trabalho, por isso ela costurava à noite.

Mamãe não conseguia deixar de trabalhar muito. As pessoas da aldeia a elogiavam, mas não pelo seu esforço e empenho. Elas falavam apenas da vizinha que não valia nada, que lia livros em pleno dia, que toda sua casa vivia revirada e que seu marido também não merecia outra coisa, porque tolerava isso tudo.

O olhar de mamãe está ora no balde, ora no assoalho.

Todo sábado mamãe lava o corredor, toda vez ela fica ajoelhada por horas.

Um dia mamãe se ajoelhará no meio do monte de areia e lavará caminhos atrás de caminhos. E toda a areia estará sob as unhas. A areia secará, cairá e se juntará novamente. Mamãe sonhou uma noite com essa areia e de manhã ela contou o sonho, rindo, mas as imagens do sonho estavam ali como feridas abertas sobre sua pele.

As tábuas do assoalho da casa toda estavam podres por causa da lavagem diária. O caruncho se salvava da umidade nas portas, tampas de mesas e nas maçanetas das portas. Também nas molduras dos retratos de família, o caruncho roía sulcos farinhentos. Mamãe varria o pó de madeira com uma vassoura nova.

Ela comprava todas as vassouras do vassoureiro Heinrich. Seus cabos eram ásperos e lambuzados com manchas de gordura e de açúcar queimado que grudava nas mãos. A mulher do vassoureiro fazia bolos todos os dias. Num dia eram sonhos e no outro, fatias húngaras. Sentíamos o cheiro do fermento saindo da massa, até mesmo quando o bolo já estava assado.

A casa estava cheia de fermento e açúcar polvilhado. Sobre o fogão econômico havia uma pequena panela de leite com fermento dissolvido. O leite provocava uma grande bolha opaca nas extremidades, que parecia um olho com um olhar vesgo.

A mulher do vassoureiro tinha sete gatos na casa. Eles não tinham nome, mas, mesmo assim, cada um sabia quem era quem, e o vassoureiro e sua mulher também sabiam.

O mais novo dormia na cesta de ovos e não tinha quebrado nenhum ovo até então.

O mais velho dormia sobre o cavalete que sustentava a mesa. Sua barriga ficava pendurada dos dois lados da tábua. Ele roncava e o vassoureiro dizia toda vez que era por causa da idade. E, quando lhe perguntavam quantos anos o gato tinha, ele dizia que era muito velho e não encarava mais ninguém, e procurava fazer rapidamente um trabalho em que ficasse curvado com a cabeça para baixo e os quadris para cima. Suas mãos estavam no chão sob seus joelhos.

As ninhadas de gato que nasciam no inverno eram afogadas em um balde com água quente, e aquelas que nasciam no verão, em um balde com água fria. Após o afogamento, os gatos eram enterrados no monte de esterco, tanto no inverno como no verão.

À noite havia ruído no jardim e o vassoureiro saía de seu

sono e ia para a cozinha, onde andava em círculos sobre o tapete.

No dia seguinte cortava as fibras de piaçaba com sua foice e as amarrava num feixe.

Ele cortava um pouco e bebia um pouco. Ao anoitecer olhava um pouco no vazio e bebia um pouco, e olhava no vazio e bebia um pouco, e bebia mais um pouco e ainda continuava no quintal, mesmo depois que todas as fibras já estavam enfeixadas no chão. Ele sempre levava a garrafa de aguardente no casaco. O suor e a urina, que ele deixava escorrer no quintal, também cheiravam a aguardente.

Seus olhos escorregam de todos os lugares. Às vezes, eles lhe cobriam o rosto. Eles eram úmidos, opacos e frios. O vento dedilhava o interior de sua camisa molhada de suor.

O quintal era tão vazio que parecia uma grande depressão. Os sapatos do vassoureiro não conseguiam mais sair dessa vala. Seus joelhos batiam um no outro ao andar. Seus pés se trançavam e um queria passar por cima do outro.

Ele via muitos sapatos diante de si e não tinha nada com isso, e não parava de pisar com sapatos sobre eles, com os quais também não tinha nem um pouco a ver. Nenhum destes muitos sapatos eram seus sapatos e nenhuma destas muitas pernas eram suas pernas.

Os gatos dormem, ronronam e comem agora na casa. Quando eles vêm do quintal, passam pela soleira com os pelos eriçados e pernas duras. Eles eriçam seus pelos até que um pouco de calor entre de novo em seus corpos.

À noite eles estão sentados ao redor das pernas traseiras da vaca e observam as mãos da mulher do vassoureiro, que tiram leite. As vacas têm caroços nas vísceras e mordem as línguas, impacientes.

O olhar dos gatos continua imóvel voltado para as mãos que tiram leite. Do úbere esguicha leite branco. Seus olhos se tornam hirtos e claros como uvas. A mulher do vassoureiro prende a cuba entra suas pernas. Ela morde o lábio inferior. Sua boca é como um risco duro e estreito. A veia sobre a raiz do nariz está inchando, ela pressiona a testa na barriga da vaca. A vaca abaixa a cabeça para o coxo de comida e come. Às vezes, ela balança com o rabo cheio de excrementos fazendo um pequeno círculo. Suas pernas estão paradas sem forças na palha.

A mulher do vassoureiro empurra o banquinho de tirar leite e levanta a cuba. Da boca da cuba ela despeja o leite espumante em uma bacia maior. Ela pica uma fatia de pão e umedece grandes pedaços no leite.

Ela coloca a bacia no chão. Os gatos pulam sobre seu braço e se apertam ao redor da bacia. Eles gemem de avidez. Suas línguas ficam longas e vermelhas. Os gatos mais fracos estão fora do círculo. Eles observam a bacia de trás, como se pudessem ficar satisfeitos com isso.

Nas noites de inverno, os gatos sobem as escadas até o sótão. Eles carregam diante de si seus olhos incandescentes. Eles bufam nas caixas de farinha e vão passear nas câmaras de carne salgada. Eles cheiram o toucinho defumado e lambem as beiradas salgadas. Os gatos têm uma couraça de sal e casinhas de vespas penduradas nos bigodes ao voltarem novamente para casa. E em suas orelhas há banha suja. Eles sujam de farinha e fuligem a parede onde ficam as vassouras.

As vassouras prontas eram sempre encostadas na parede do corredor com os cabos para baixo. Os gatos passavam entre elas, e, quando uma vassoura caía, levantava-se uma nuvem de poeira no chão batido e o gato pulava com um salto o portão do quintal.

Mamãe comprava umas dessas vassouras todo mês. Estas vassouras sempre cheiravam a sonhos e aguardente de ameixa e sempre estavam cheias de pó e de pequenas aranhas.

Depois de atravessar o portão, mamãe se dirigia com a nova vassoura comprada diretamente para o cano do poço e bombeava muita água sobre ela. A água corria limpa para dentro da vassoura e escorria suja no quintal.

Mamãe batia a vassoura na cerca, todos os sarrafos rangiam e das fibras espirravam pequenas sementes brilhantes na calçada, que corriam por um tempo sobre as pedras. Quando elas paravam, a gente não conseguia mais vê-las. Elas não brilhavam mais.

Com sua nova vassoura, mamãe varria primeiro as paredes.

Mamãe tem uma vassoura para os quartos, uma para a cozinha, uma para o quintal da frente, uma para o quintal do fundo, uma para o curral, uma para o chiqueiro de porcos e uma para o galinheiro, uma para o quarto de lenha, uma para o celeiro, uma para o chão da casa, uma para a câmara de carne salgada e duas para a rua, uma para a calçada e uma para a grama.

Mamãe tinha muitas vassouras para as folhas que caíam no chão no verão e muitas para a neve que no inverno cobre o quintal e as ruas. Todas estas vassouras têm cabo comprido. Mamãe tem também muitas vassouras de cabo curto. Mamãe tem uma vassoura para recolher as migalhas de pão na gaveta da mesa, uma vassoura para bater o tapete no parapeito da janela, uma vassoura para a roupa de cama entre as camas de casal, uma vassoura para roupas na caixa, uma vassoura para o pó dos móveis sobre a caixa.

Mamãe mantém com suas vassouras toda a casa limpa.

Mamãe tira o pó da caixa do relógio de parede. Ela abre a porta do relógio e varre o mostrador. Minha mãe varre com a vassoura menor o cântaro de água, os candelabros, os abajures, as caixas de óculos e as caixas dos remédios. Mamãe varre os botões do rádio, a capa do livro de orações e os retratos de família.

Mamãe varre as paredes com sua vassoura nova de cabo longo.

Ela arranca as teias do corpo das aranhas. As aranhas esvoaçam na parte de baixo dos móveis. Mamãe as encontra lá, mamãe se deita de barriga e as espreme com os polegares.

Mamãe pendura um panô de parede limpo, "*Deus ajuda a quem cedo madruga*". Acima do provérbio pode-se ver um pássaro de lã verde com um bico muito aberto. Eu conheço o pássaro desde que eu aprendi a ver. Ouvi-lo cantar foi bem mais tarde. Ele só canta quando não tem ninguém no quarto. Quando alguém entra, ele para de cantar. Mas conserva o bico bem aberto, mesmo quando não está cantando.

Uma vez, porém, ele fechou seu bico. Eu corri e chamei a vovó. Quando eu estava com ela do lado da cama seu bico estava novamente bem aberto. O pássaro piscava com um olho. Mas eu não dizia mais isso para a vovó, pois ela já estava muito zangada por eu ter ido buscá-la lá no quintal, me puxou as orelhas com sua mão dura e gritou: Eu lhe arranco as orelhas da cabeça.

Mamãe retira a parte móvel da veneziana e a lava em uma grande bacia de alumínio. As janelas estão tão limpas que é possível enxergar toda a aldeia dentro delas como em um espelho de água. Elas pareciam ser de água. A aldeia também parecia que era de água. A gente fica com vertigens quando olha a aldeia pela vidraça.

Está tudo limpo. Mamãe escurece os quartos e os cômodos da frente. A casa toda está desabitada e escura. Também as moscas zumbem transtornadas e saem pela última porta aberta. Mamãe fecha esta porta também. Ela fica por um instante como que fechada no quintal. O sol forte a cega por um instante. Mamãe segura a mão como uma pala diante dos olhos.

Mamãe ouve algo piar fraquinho na calha. Os pardais fizeram um ninho. Mamãe consegue enxergar tudo. Vai para o fundo do quintal buscar uma escada alta.

O ninho é pequeno e fofo. Ele está pendurado na vassoura dela e cai no chão. Há gritos na pele cinza enrugada que cai na calçada. O gato está lá sentado em suas pernas traseiras e seu rabo está quieto e esticado atrás de si. Os filhotes gritam ainda em sua garganta. Eles ainda se debatem no esôfago dele. O gato olha tranquilamente para o sol.

Mamãe está ainda sobre a comprida escada. Os degraus alargam as solas dos seus pés. Mamãe está com as solas do pé sobre mim. Ela esmaga meu rosto. Mamãe se coloca sobre meus olhos e os pressiona para dentro. Mamãe empurra minhas pupilas para o branco dos olhos. Mamãe tem manchas azul-escuras de amora na sola dos pés.

Mamãe olha de lado para mim. A metade de seu rosto é grande e fria como uma meia-lua. Mamãe só tem ainda metade de seu rosto e nesta o olho é tão estreito como uma fenda. A escada balança e mamãe balança sobre a aldeia. Mamãe pode tocar com suas mãos os mortos que estão no céu.

O ar que circunda a aldeia está quente. Não há nenhum pássaro no ar. A tarde está avançada.

O portão da rua range. Papai entra. Papai já está lá. Papai consegue andar direito hoje. Ele não está embriagado.

Meu coração bate de alegria. Eu espero pela noite. Há

também medo na alegria. Meu coração bate de medo na alegria, de medo que eu não possa mais ficar alegre, de medo que medo e alegria sejam a mesma coisa.

Tentei comer à noite. Meus dentes não se encaixavam. A saliva em minha boca tinha um gosto estranho como se ela não fosse minha. Mesmo a água que eu queria beber ficou presa em minha garganta.

Talvez esta noite seja uma daquelas poucas noites silenciosas. Talvez eu possa novamente pentear papai, talvez eu encontre um fio grisalho em seus cabelos, então eu o arrancarei com raiz.

Talvez eu coloque uma fita vermelha nos cabelos de papai. Hoje eu não vou tocar suas fontes. Eu nunca mais vou colocar a mão em seu rosto. Isto é a morte para ele.

* * *

Certa vez, vovó caiu de novo sobre a tampa do poço. Sua blusa não tinha ficado sob seus braços e eu ri por muito tempo. Eu também sabia que ela não tinha caído tão pesadamente por causa da tampa, mas sim pela minha risada.

Vovó ficou com o braço engessado. Carregou o braço de gesso durante todo o verão. No final do braço de gesso aparecia sua mão, uma mão de verdade. O braço de gesso de vovó era muito bonito. Ele era muito branco e parecia muito forte. Eu disse uma vez para vovó que ele ficava bem nela. Ela ficou zangada e jogou seu chinelo em mim. Ela não me acertou, mas comecei a chorar.

Com o tempo o braço de gesso da vovó tinha ficado sujo. O médico da cidade, que tinha colocado esse braço de gesso nela, tinha um rosto muito pálido e inchado. Quando ele viu o braço de gesso da vovó, seu rosto ficou maior ainda.

Em seu braço de gesso havia alguns respingos de excremento de vaca, algumas manchas de molho de tomate, muitas manchas azuis de ameixas e algumas de gordura. Havia todo um verão sobre ele, e o médico parecia ter alguma coisa contra este verão. Ele fez um novo braço de gesso para ela. O primeiro braço de gesso era mais bonito. O novo não me agradou. Ele era muito branco e vovó parecia um pouco perdida com ele.

Nesse dia vovó me levou com ela para a cidade.

Com seu novo braço de gesso fomos ao parque. Lá, vovó me deu pão branco com salame para comer. Diante do nosso banco as pombas saltitavam para cá e para lá. Elas não tiveram medo de mim e elas picavam o pão que eu lhes atirava.

Vovó jogou as migalhas de pão do avental. Nós nos levantamos e eu ganhei um grande sorvete vermelho. Antes mesmo de começar a lambê-lo, vovó enfatizou que eu não merecia o sorvete, pois não tinha ficado sentada no meu lugar no trem, como uma boa menina. Eu queria colher as papoulas vermelhas do campo, eu queria que o trem parasse. Não demoraria quase nada. Eu conseguia colher flores bem rápido. Mas o trem passava como um doido por todas as papoulas vermelhas.

Sempre que eu tirava areia do vale com vovô, passava um trem bonito pelo rio. Eu o ouvia de longe. Ele fazia belos ruídos rítmicos e havia cabeças em suas janelas. De alegria, eu pulava para o alto e acenava. E as mãos das janelas acenavam de volta. Elas já estavam muito longe, mas ainda continuavam acenando.

Às vezes havia mulheres nas janelas e vestiam lindos vestidos de verão. Eu nunca via direito seus rostos, mas sabia, no entanto, que eles eram tão bonitos quanto seus vestidos e que essas mulheres nunca desembarcariam na nossa estação, porque esta era muito pequena para elas. Elas eram muito bonitas para desembarcarem nesta estação.

Eu não queria intimidá-las com meu aceno, talvez elas fossem tímidas. E minhas mãos tornavam-se pesadas com o acenar e caíam.

Eu estava ali ao lado do trem ruidoso e olhava para suas engrenagens. Tinha a sensação que o trem passaria pela minha garganta e isto não o incomodaria mesmo que ele rasgasse minhas vísceras e eu morresse. Ele conduz suas lindas mulheres para a cidade e eu vou morrer aqui ao lado de um monte de esterco de cavalo sobre o qual moscas zumbem.

Fui procurar um lugar sem seixos na relva. Queria cair de costas para não arranhar meu rosto. Queria esfriar na sombra para ser uma morta bonita.

E, provavelmente, eles também me colocarão um lindo vestido novo quando estiver morta.

O meio-dia já estava a pico e a morte ainda não tinha vindo.

Fico imaginando que eles se perguntarão como eu morri tão inesperadamente. E mamãe choraria muito por mim e toda a aldeia veria quanto ela gostava de mim.

Mas a morte ainda não tinha vindo.

O verão revolvia seu cheiro forte de flores da relva alta sobre mim. As flores silvestres da relva entravam em minha pele. Fui até o rio e joguei água sobre os braços. Cresciam grandes arbustos de minha pele. Eu era uma linda paisagem pantanosa.

Deitei-me na relva alta e deixei meu corpo correr na terra. Esperava que os grandes pastos viessem até mim através do rio, que eles lançassem seus ramos em mim e espalhassem suas folhas em mim. Esperava que eles dissessem: Você é o pântano mais bonito do mundo, todos nós viremos até você. Nós traremos também nossos grandes e esguios pássaros da água, mas eles esvoaçarão dentro de você e gritarão. E você não poderá chorar, pois os pântanos precisam ser valentes, e você terá que suportar tudo, se você nos deixou entrar.

Eu queria me tornar grande para que os pássaros da água com suas grandes asas encontrassem lugar em mim, lugar para voar. Queria ter os mais lindos taraxacos, pois eles também são pesados e luminosos.

Vovô tinha acabado de colocar uma pá de areia na margem. Eu recolhia as conchas quebradas dos mariscos. Eu as levava para a água e bebia delas. Elas eram brancas e brilhantes como esmalte e a água era amarela e cheia de terra amarela e minúsculos animais que também pareciam terra, porém se mexiam.

Eu tinha areia entre os dentes. Mordia a areia que rangia e arranhava minha língua e o palato. De repente, soube como era doloroso quando os mariscos morriam.

Eu tinha areia na calcinha. Ela me escoriava ao andar e era a mesma dor da morte dos mariscos. Entrei na água até a barriga. Minha calcinha se molhou e inchou. A água era da minha barriga. Coloquei minha mão sob o elástico da calcinha e lavei a areia que estava entre minhas pernas.

Fiquei com a impressão de estar fazendo algo proibido, mas ninguém estava me vendo. Vovô olhava para sua areia, que caía ininterruptamente na margem. Deus está em toda parte. Recordei-me desta frase que eu sempre ouvia nas aulas de religião. Eu procurava Deus em árvores e o encontrava então, com sua grande barba branca, bem no alto sobre as folhas, bem no alto do verão.

A imagem de Nossa Senhora sempre tinha um indicador

levantado quando eu me sentava na frente, no banco das crianças. Porém ela sempre tinha um rosto amigável e eu não tinha medo dela. Ela também sempre usava este vestido azul e comprido e tinha lindos lábios vermelhos. E, quando o padre dizia que o batom era feito do sangue das pulgas e de outros animais abomináveis, eu me perguntava por que a mãe de Deus que ficava no altar lateral pintava os lábios. Também perguntei ao padre, e ele, na ocasião, me bateu com a régua nas mãos até elas ficarem vermelhas e me mandou imediatamente para casa. Por muitos dias, eu não conseguia dobrar os dedos.

Fui para o quintal atrás do celeiro de palha e me deitei na alfafa e olhava para cima para dentro do verão. Não havia uma única nuvem neste dia quente e eu não encontrei neste grande e amplo mundo a barba de Deus. Deus não estava em toda parte neste dia.

Vovô ainda tirava a areia do rio com a pá. Suas cuecas esvoaçantes até a altura dos joelhos se colavam em suas pernas. Elas pareciam membranas entre suas coxas.

Vi um grande tubérculo embaixo da tela. Ele estava lá onde vovó tinha seu topete. Este era então o grande segredo dos adultos.

Vovô tinha muito pelo no peito, nas pernas, nos braços e nas mãos. Nas costas ele tinha duas grandes omoplatas peludas.

Os cabelos de vovô estavam molhados e grudavam no couro cabeludo. Ele parecia lambido. Seus cabelos não eram feios nem bonitos, logo estavam lá de graça, pensei.

E os dedos do pé de vovô eram muito longos e muito curvados de tantos caroços de pele dura. Eu ficava aliviada quando vovô os colocava na água.

Quando ele levantava um pé para atirar a areia mais longe

da margem, eu via como seu pé estava branco e lavado como algo morto e inundado.

Vovô deixou cair a pá inesperadamente na margem e me retirou da água como um relâmpago. Diante dele se movia uma fina cobra preta. Ela era muito comprida e fina e batia ondas com seu corpo. Ao nadar ela levava a chata cabeça pontuda sobre a superfície da água.

Ela tinha um corpo como um galho vigoroso apenas mais liso e brilhante. Vovô a tinha visto de longe.

Eu acho que ela era muito fria.

Vovô cercou o caminho dela com sua pá. Ele a pendurou no cabo da pá e a atirou na margem sobre sua areia.

Ela era bonita, nojenta e tão mortal que eu receei pela sua vida, e não conseguia lhe desejar a morte.

Vovô cortou sua cabeça com sua pá.

De repente, eu não quis mais ser pântano. Minha pele estava seca quando me toquei timidamente com as pontas dos dedos.

Vovô ainda retirava areia com sua pá do rio.

O cavalo comia o capim alto ao longo dos trilhos do trem. Seu corpo e sua barriga estavam cheios de bardanas.

A noite fazia com que o rio parecesse mais fundo. Ainda era dia no vale. Porém o rio já estava escuro e a água já estava pesada.

Vovô saiu do rio e colocou a areia com a pá em sua carroça.

Ele tocou o cavalo até o rio e o deixou beber.

O cavalo inclinava seu longo pescoço e sorvia água tão profundamente que eu não conseguia imaginar quão funda é sua barriga. Mas sabia que ele podia beber uma chuva toda quando tinha sede.

Vovô o atrelava agora na frente da carroça e subimos a montanha em direção à aldeia. Das ripas da carroça a água pingava. Havia ainda muita água do rio na areia. Atrás de nós ficavam um rastro de carroça, um rastro de água, um rastro de areia e um rastro de cavalo.

Vovó vinha da horta com o cesto de vime. Ela tinha encontrado de novo uma panela de sopa no ferro-velho atrás dos abrunhos silvestres.

Ela a encheu de terra e plantou um gerânio.

Os gerânios da vovó eram tão inexpressivos como flores de papel e não havia nada mais bonito para a vovó que gerânios em caldeirões.

Ela tinha uma prateleira cheia de gerânios no corredor, uma prateleira cheia de gerânios na porta do corredor da escada, uma prateleira de gerânios ao lado da porta do jardim do quintal.

Ela tinha uma janela do quarto e uma janela da cozinha cheia de gerânios em caldeirões. E os montes de areia ao lado do chiqueiro estavam cheios de estacas de gerânios. E todas as vigas da casa estavam cheias de caldeirões pendurados.

Os gerânios da vovó floresciam por toda a vida.

Vovô nunca mencionou uma palavra sobre isso. Ele nunca pronunciou em sua vida a palavra gerânio. Não achava gerânios nem feios nem bonitos. Eles estavam lá para ele em vão, como para mim estavam seus pelos sobre sua pele. Ou ele nem os via.

Quando vovô morreu, a vovó carregou todos os gerânios que ela havia colecionado para seu quarto.

Vovô foi velado num bosque de gerânios em caldeirões. E eles eram, agora também, em vão. Vovô não mencionou nenhuma palavra sobre isso.

E após sua morte algo se modificou. Vovó não trazia mais gerânios e nem caldeirões para casa.

Mas os gerânios e os caldeirões que ela tinha juntado até então, estes ela tem ainda hoje.

Eles agora já estão velhos. Eles estão muito velhos e florescem durante toda uma vida.

* * *

Eu tinha acordado. Vovô martelava novamente. Eu ouvia como o martelar ressoava no quintal. Tudo estava revirado por um tempo e caía em si novamente. Mesmo o ar fazia barulho e as vergônteas também.

Agora meu sono tinha ido embora. Vovó batia as camas do quarto ao lado para retirar o calor. Havia penugem no ar que entrava nos olhos dela.

Então vovó carregou o urinol cheio para o quintal e deixou uma corrente de gotas atrás de seu andar pelo quarto, pela sala, pelo corredor, pelo quintal. Também seu polegar ficava molhado.

Durante o dia o urinol ficava embaixo do banquinho entre as camas de casal. Ele era coberto com um jornal e não o víamos, mas sentia seu cheiro quando entrava no quarto.

Toda noite eu ouvia no quarto ao lado o barulho da urina da vovó caindo no urinol. Quando o barulho não era homogêneo e havia pequenas interrupções, eu sabia que era vovô que estava sobre o urinol. Vovó acordava toda noite às duas e meia, calçava os sapatos de feltro e sentava-se no urinol. E, quando ela não acordava às duas e meia, ela não acordaria mais até de manhã, e eu sabia que ela tinha caído num sono profundo e doente e que passaria os próximos três dias na cama.

Ela não sentia nenhuma dor ou todas elas, e caía do sono

para a sonolência e da sonolência para o sono. No quarto dia, ela se levantava a tempo e assumia seus afazeres batendo com suas panelas no final da tarde e se ocupava em lavar a louça, em varrer e em caçar as ervas daninhas do quintal até o cair da noite.

Vovó tinha as papoulas mais bonitas da aldeia. Elas eram mais altas que a cerca e cheias de flores brancas e pesadas. Quando ventava, os longos talos batiam uns nos outros, as flores estremeciam, mas não caía nenhuma folha no chão.

Vovó carregava nos olhos as grandes e largas pétalas. Ela retirava cada erva daninha do canteiro.

Quando as sementes da papoula estavam amarelas como a palha e secas, ela pegava a maior faca da gaveta e cortava todas num cesto de vime. Deixava as panelas caírem enquanto cozinhava, os pratos se quebrarem em suas mãos, os copos se despedaçarem diante dela no chão, os panos de prato federem e não secarem mais de um dia para outro de tanta louça, os cortes das facas deformados e sem corte, os gatos dormitarem nas cadeiras da cozinha, ronronarem e roncarem. Vovó contava atrás de sua agulha de costura as sementes de papoula de sua infância.

Minha bisavó, que agora está emoldurada e pendurada sobre a cama de vovó, despejou três cabeças de papoulas de uma só vez na garganta de minha vovó. Vovó engoliu os duros grãos e caiu num sono profundo. Os pais e os empregados iam para o campo e a deixavam, na casa, dormindo e, quando voltavam tarde à noite, encontravam-na ainda dormindo.

Deram-lhe também excrementos de gralha que tinha gosto de gesso, era calcificado, quebradiço e forte. Os pedaços beliscavam na língua e faziam cair num longo sono negro de gralhas.

Um dia, enfiaram na boca do irmão da vovó, o chorão Franz, um pedaço muito grande de excremento de gralha e ele nunca mais acordou. Ele ficou rígido e com o rosto cheio de manchas azuis. E, como só queria dormir, eles o enterraram sem funeral, sem música em um caixão de madeira áspera feito em casa das tábuas de um caixote de geleia.

O peão de cavalos o conduziu para o cemitério com seu carrinho de mão, através da poeira das estradas e pelo vazio da aldeia. Ninguém percebeu na aldeia que alguém tinha morrido. Também na casa ninguém percebeu. Havia ainda crianças suficientes, um quarto cheio, uma sala cheia e um banco do fogão cheio. No inverno elas iam uma de cada vez para a aldeia e de maneira alternada para a escola, porque não havia sapatos suficientes na casa para todos os pés. Não se dava pela falta de ninguém na casa. Quando um não estava lá, estava o outro.

Hoje eles têm apenas uma criança em casa, que tem sete pares de sapatos, e como isto é bonito. A casa está vazia e lá estão os sapatos, e eles estão sempre brilhantes e limpos, porque a criança não pode mais andar na sujeira e quando chove ela é carregada no colo.

Vovó tossia de leve e ficava então horas sem dizer uma palavra. Às vezes ela anda de um lado para outro na casa e canta: "Azul de escovinhas são os olhos das mulheres ao chorar ou beber vinho". Ela canta a canção uma vez com "chorar" e outra com "vinho". E ela tem cem canteiros cheios de papoulas na lembrança, e todas as flores brancas, que jamais existiram no jardim, murcham sobre seu rosto e caem na terra com seu andar. E todas as sementes negras das papoulas caem de suas saias, que estão tão pesadas de papoulas que mal consegue andar.

Mamãe chora. Ela fala tanto ao chorar quanto chora ao

falar e fica com coriza de água e de vidro, que ela limpa na manga.

* * *

Papai está embriagado de novo. Ele liga o televisor e olha para a tela vazia. Há uma vibração dentro do aparelho e da vibração se ouve música. E o rosto de papai está tão vazio como a tela e mamãe diz, desligue a televisão, e papai só desliga o som e deixa a vibração continuar e começa a cantar uma canção, a canção dos "Três companheiros que se aventuraram pela vida afora".

Ao dizer "pelo mundo afora" a voz de papai ficou mais alta e ele aponta a rua através da janela. A calçada está cheia de fezes de ganso. *Aonde eles foram parar neste grande e amplo mundo?* A voz de papai torna-se mais macia. O vento os expulsou, *pois ninguém, ninguém ficou do lado deles*. O vento da aldeia treme sobre as vergônteas e sobre as fezes dos gansos. Papai está com o rosto, com os olhos, com a boca, com os ouvidos cheios de sua própria canção rude.

A cozinha está cheia de vapor. Da panela de nabos se levanta de novo uma fumaça abafada para o teto e engole nossos rostos.

Olhamos para dentro da névoa quente, que é pesada e pressiona a tampa da nossa cabeça para dentro. Olhamos para longe de nossa solidão, de nós mesmos, e não suportamos os outros e nem a nós mesmos, e os outros do nosso lado também não nos suportam.

Papai canta, o rosto de papai cai para debaixo da mesa enquanto canta, cai sobre o cavalete, mas, que droga, nós somos uma família feliz, droga, a felicidade evapora na panela de nabos, droga, o vapor nos arranca a cabeça de tempos em tempos, a felicidade nos arranca a cabeça de tempos em tempos, mas, que droga, a felicidade devora nossa vida.

Meu rosto cai nos sapatos de feltro abertos da vovó. Lá está escuro, lá está a grande salvação negra na qual não precisamos respirar, lá é o lugar, onde podemos sufocar em nós mesmos.

Mamãe chora e fala, mamãe fala e chora. Mamãe fala chorando e chora falando.

Mamãe chorando realiza longas frases que não querem mais acabar, e se elas não me dissessem respeito, seriam belas. Mas elas são pesadas e papai recomeça a cantar sua canção e cantando pega a faca da gaveta, a maior faca, e fico com medo de seus olhos e a faca corta tudo que eu quero pensar.

Mamãe para de falar de repente, papai já levantou a faca e a ameaça. Papai canta e a ameaça com a faca, e mamãe apenas choraminga baixinho com a garganta entupida.

Então, ela coloca um prato branco sobre a mesa que já está posta e coloca uma colher com tanto cuidado que nem a escutamos tocar na borda do prato.

Receio que a mesa caia de joelhos, que ela desabe antes que nós nos sentemos ou enquanto comemos.

Vovô vem do quintal e tem excrementos e capim grudados nos sapatos. Nos bolsos de seu casaco os pregos fazem barulho.

Vovô tem toda a sua roupa cheia de pregos, mesmo os bolsos de suas roupas de domingo estão cheios de pregos. Uma vez mamãe encontrou até mesmo um prego em seu pijama, e ela ficou muito zangada e gritou pela casa toda.

Em cada canto da casa há caixotes e caixas com martelos e pregos. Quando vovô martela, ouvimos dois sons de uma vez, um do martelo e outro da aldeia. Todo o quintal ressoa com seu chão duro como pedra. Caem as finas pétalas brancas da camomila. Sinto como é pesado o quintal que está sobre meus dedos do pé, o quintal pesa sobre meus pés, o quintal bate em meus joelhos quando ando. O quintal é duro e grande e cheio de mato. Eu falo tão alto quanto posso e o martelar me arranca as frases do rosto.

Vovô gosta de falar sobre seus martelos e pregos e diz também que muitas pessoas são tapadas. Os pregos do vovô são novos, pontiagudos e brilhantes. E seus martelos são pesados, grosseiros e enferrujados e têm cabos muito grossos.

Às vezes a aldeia é uma enorme caixa de cercas e muros. Vovô bate seus pregos nela.

Andamos na rua e ouvimos martelar, que parece com pica-paus martelando. Uma cerca atira o som na outra. A gente caminha entre as cercas. O ar treme, a relva treme, as ameixas azuis sopram nas árvores. E o verão está no auge e na aldeia os pica-paus voam. E mamãe ainda tem as mãos no trabalho e vovó tem sua papoula e mal se movimenta pela casa e vovô cuida da vaca e tem seus pregos e papai ainda tem sua embriaguês de ontem e hoje bebe de novo.

E Wendel ainda não aprendeu a falar e é alvo de pedras e poeira nas ruas. É empurrado nos atoleiros, atirado no fosso onde o lodo fede, as crianças da escola escrevem nele com giz e ele é obrigado a caminhar assim pelas ruas, com as costas cheias de riscos de giz, e as crianças também pintam seu rosto com tinta, e ele só pode ir para casa quando está chorando. Apenas quando seu rosto está transtornado pelo medo é que o deixam ir. Apenas quando ele está com a nuca cheia de lagartas, minhocas e pulgões.

Wendel fala fluentemente quando está sozinho e fala consigo mesmo. Às vezes, eu o ouço no quintal. Nós nos sentamos juntos à mesma cerca, Wendel no quintal dele e eu no meu. Eu como frutinhas de malva, daquelas que deixam a gente boba, e Wendel come damascos verdes e, às vezes, fica com febre alta. E, quando ele sara, come damascos verdes novamente e conversa consigo mesmo.

Perguntei para mamãe se a cerca, que separa os dois quintais, é minha ou de Wendel. Eu queria ouvir que ela me pertence, queria poder expulsar Wendel quando ele se encostava na cerca. Mas mamãe disse que a cerca pertence a mim e a Wendel e, então, eu queria amaldiçoar seu lado da cerca, para que nenhuma flor de malva lá crescesse. Eu desejaria a ele apenas relva áspera e rígida.

Os médicos da cidade dizem que o medo é a causa da gagueira de Wendel. O medo, uma vez, criou raízes dentro dele e desde então nunca mais sumiu. Wendel agora está com medo de ter poucos damascos verdes. Ele está sobre a eira em nosso quintal. Nós brincamos de marido e mulher. Eu enfio dois novelos de lã verde sob minha blusa e Wendel coloca seu bigode de fios de lã verde de carneiro.

Nós brincamos. Eu o insulto porque ele está embriagado, porque não há dinheiro em casa, porque a vaca está sem comida, eu chamo Wendel de cábula, porco, vagabundo, bêbado, patife, mandrião, devasso e velhaco. Assim vai a brincadeira. Me dá prazer e dá para brincar. Wendel fica sentado e se cala.

Wendel cortou a mão com uma lata de conservas. Cai muito sangue na relva. Eu só disse pateta e não olhei para o ferimento. Eu só disse imbecil.

Cozinho na areia e troco minhas bonecas e lhes dou bolo de areia e sopa de flores de relva para comer.

Ajeito meus seios e Wendel sua sob seu bigode. Assim vai a brincadeira.

Eu desmonto o bolo de areia e o pisoteio com os sapatos. A sopa de flores de relva voa na parede e cai na terra. Corro com minha boneca nua para dentro da casa e perco meus seios diante da porta da cozinha.

Então atraio Wendel até mim com os primeiros damascos verdes que ainda estão metade em flor. E Wendel vem.

Brincamos novamente de marido e mulher.

E vovó me chama pela terceira vez. Então ela mesma vem aqui. Vou levando bofetadas e sendo conduzida para a sesta, para que você cresça e fique forte, diz ela, quando a cólera chega ao fim. E em quem ela vai bater quando eu for grande e forte, quem não conseguirá se esquivar de sua dura mão?

Eu odeio esta sesta. Fico deitada com meu ódio na cama, e vovó escurece o quarto, fecha todas as portas na sequência: a porta do quarto, a porta da sala, a porta de entrada. Por duas horas não tenho permissão para sair da escuridão. Tenho medo do adormecer. Vovó quer me enfeitiçar. Eu resisto ao sono profundo de papoula dela no qual eu morri enquanto dormia. O sono nada pelo quarto e já toca minha pele. Tudo fica mais profundo do que eu consiga suportar. Há muita espuma em cima do forro do quarto. A passarada rasga a água. Há muita fome em seus bicos. Eles vão cair sobre mim e picar minha pele e vão gritar, você é covarde e vazia. Vou acordar sem ânimo e sem medo.

O sono pressiona seu mofo em meu rosto. Ele cheira como as saias da vovó, cheiro de papoula e de morte. O sono é o sono da vovó, o veneno de vovó. O sono é morte.

E eu digo para ela que ainda sou uma criança. Eu já quis morrer algumas vezes, mas outrora não deu. E agora o verão está no auge e a passarinhada rasga a água. E agora eu não quero morrer, agora me acostumei comigo e não posso me perder. Empurro as cobertas. Muito ar fresco toca meu suor. A cama é tão ampla e grande, a cama é tão branca e vazia que estou deitada no meio de um campo de neve, no meio de uma noite gelada, no meio de muito frio.

A porta do quintal range, a porta do corredor chia e a porta da sala estala, a porta do quarto bate contra o armário. Vovó está em pé no quarto. Ela enrola as persianas. Lá fora é dia claro. A plumagem das aves fumega diante do verão.

Wendel está sentado no terreiro e amarra seu bigode e estende os dois novelos de lã para mim. Eu os coloco, muda, embaixo do vestido. Nós brincamos de novo de marido e mulher. Nós não terminamos a brincadeira.

No fim da rua o sol se põe numa poça vermelha tediosa. A aldeia está na região como um enorme caixote de cerca e muro. Um saco vem sobre a aldeia, um saco de noite costurado. E nada refresca, tudo fica negro, pesado e flexível.

As persianas estalam nas ranhuras. Na calha escorre areia. Em minha cabeça há dunas de sono. A porta do jardim range, lá o vento passa pelos canteiros a noite toda. A aldeia tem assustadoramente muitas árvores. Tenho todas em meu rosto.

A cama é como uma barriga de vaca, tudo quente, escuro e cheio de suor. Num gancho estão pendurados os suspensórios do vovô e suas calças vazias andam pelo quarto. Quando estico o braço posso tocá-las. Talvez haja pregos nos bolsos da calça, não os vemos.

As mães dormem, os pais dormem, as avós dormem, os avôs dormem, as crianças dormem, os animais domésticos dormem.

A aldeia está como um caixote na região.

Mamãe não chora, papai não bebe, vovô não martela, vovó não tem suas papoulas, Wendel não gagueja.

A noite não é nenhum monstro, só há vento e sono dentro dela.

Eu ouço no quarto ao lado a urina cair no urinol. Vovô está sobre o urinol. São cinco horas.

Vovó não acordou às duas e meia. Ela caiu naquele sono doente.

Isso já não acontecia há muito tempo.

Uma manhã ela estará morta.

* * *

Quando os charcos estão baixos, as costas dos sapos secam. Então o calor entra em suas barrigas e o que sobra deles é uma pele dura.

Ela está em toda parte nos quintais. E só quando os sapos morrem é que sabemos que eles também habitam as casas, sobem escadas, e vão até o sótão, nas negras chaminés.

Nossa casa tem duas chaminés, elas estão com certeza cheias de sapos. A primeira chaminé é vermelha e a outra preta.

A vermelha está sobre os quartos desabitados. Nunca sai fumaça dela.

Muitas corujas moram lá. Todo ano mamãe precisa pagar os impostos sobre as chaminés. É caro se somarmos todos os anos, diz mamãe, e, além disso, uma delas é apenas para as corujas.

Na semana passada elas estavam muito agitadas. Eu as ouvi a noite toda sobre as telhas. Elas têm dois tipos de canto, um mais agudo e outro mais grave. Mas também os mais agudos são muito graves e os mais graves são ainda muito mais graves.

Devem ser os machos e as fêmeas. Eles têm uma língua autêntica.

Fui algumas vezes para o quintal e não consegui ver nada além de seus olhos. Todo o telhado estava cheio deles. Eles brilham e todo o quintal estava claro e cíntilava como gelo. Não havia luar. Nessa noite o vizinho morreu. Na noite anterior, ele ainda tinha jantado bem. Ele não estava doente. Sua mulher me acordou de manhã e me disse que ele tinha sufocado durante o sono. Logo me lembrei das corujas.

Entre nós e o vizinho há um jardim cheio de framboesas. Elas estão tão maduras que nossos dedos ficam sangrentos ao colhê-las. Há alguns anos nós não tínhamos framboesas, apenas o vizinho tinha alguns pés em seu jardim. Agora eles vieram para o nosso quintal, e no quintal dele não tem mais nenhum pé de framboesa. Eles mudam. O vizinho me disse uma vez que ele também nunca tinha plantado pés de framboesa, eles vieram sozinhos de outro quintal. Em alguns anos nós também não os teremos mais, eles terão se mudado. Coma até ficar satisfeita, pois a aldeia é pequena, e eles vão sair da aldeia.

Ontem foi o enterro. Ele já era velho, mas não estava doente. Seu filho o trouxera fazia alguns meses das montanhas. Sua casa tinha desabado. Uma torrente saída da margem a tinha arrancado. Nas montanhas, as pessoas são mais saudáveis. Ele trouxe um boné consigo. Ele não é nem um gorro nem um chapéu. Este tipo de boné só é usado nesta aldeia. Ele dizia que queria ser enterrado com ele. Dizia isso para brincar, pois não queria morrer. Ele também não estava doente.

Agora eles colocaram o boné sobre sua cabeça morta. Primeiro a tampa do caixão não queria fechar e eles tiveram que bater com o martelo nela.

As pernas de mamãe estavam embaixo do mesmo cobertor que as minhas. Eu as imaginava nuas e cheias de varizes. Infinitamente muitas pernas estavam ao lado umas das outras no campo.

Sempre havia apenas homens mortos na guerra. Eu vi uma porção de mulheres com os vestidos fora de lugar e pernas esfoladas no campo de batalha. Vi mamãe nua e congelada deitada na Rússia com pernas esfoladas e com lábios verdes de comer nabos.

Vi mamãe transparente de fome, consumida e enrugada até sob a pele, como uma menina cansada e inconsciente.

Mamãe tinha adormecido. Quando ela estava acordada, eu nunca a ouvia respirar. Quando ela dormia, ela agonizava como se tivesse ainda o vento siberiano na garganta, e eu gelava ao lado dela nas contrações dos sonhos horripilantes.

Lá fora a água subia nos charcos. Não havia lua na aldeia e a água estava suja e opaca.

Os sapos coaxavam dos pulmões negros de meu pai morto, das rígidas traqueias de meu avô agonizante, das veias calcificadas de minha avó. Os sapos coaxavam de todos os vivos e mortos desta aldeia.

Cada um trouxe um sapo com a imigração. Desde que ela existe, eles se vangloriam de ser alemães e nunca falam sobre seus sapos. Acreditam que aquilo sobre o que nos recusamos a falar acaba por não existir também.

Então veio o sono. Eu caí num grande tinteiro. Tão escuro assim devia ser na Floresta Negra. Lá fora coaxavam seus sapos alemães.

Mamãe também tinha trazido um sapo da Rússia.

E eu ouvia o sapo alemão de mamãe até mesmo atrás do meu sono.

Peras podres

Os jardins são de um verde forte. As cercas anseiam por sombras úmidas. As vidraças das janelas deslizam nuas e brilhantes de uma casa para outra. A torre da igreja gira, a cruz heroica gira. Os nomes dos heróis são longos e apagados. Käthe lê os nomes de baixo para cima. O terceiro de baixo para cima é meu avô, diz ela. Ela bate em uma cruz na frente da igreja. Diante do moinho brilha o lago. As gotas de água são olhos verdes. Nos juncos mora uma grande cobra, diz Käthe. O vigilante noturno diz que a viu. Durante o dia ela come peixes e patos. À noite rasteja para o moinho e come farelo e farinha. A farinha que não consegue comer está molhada de sua saliva. O moleiro joga-a no lago, pois está envenenada.

Os campos ficam no ventre. Nas nuvens os campos estão às avessas. As raízes dos girassóis estrangulam as nuvens. As mãos de meu pai giram o volante. Vejo o cabelo de meu pai através da pequena janela atrás da caixa de tomates. O carro corre. A aldeia mergulha no azul. A torre da igreja se perde diante de meus olhos. Vejo a coxa da tia perto da perna da calça de meu pai.

No acostamento, as casas vão passando. As casas não são aldeias porque não moro aqui. Pequenos homens com calças desbotadas atravessam as ruas como estranhos. Em pontes estreitas e murmurantes esvoaçam as saias de mulheres estranhas. Crianças com coxas desnudas e magras estão paradas sem calça, sozinhas embaixo de muitas árvores grandes. Seguram maçãs nas mãos. Não comem. Acenam. Chamam com bocas vazias. Käthe acena brevemente e não olha mais para lá. Eu aceno longamente. Olho durante muito tempo para as coxas magras, até que vejo apenas as árvores grandes, pois as coxas se diluíram.

A planície fica abaixo das colinas. O céu de nossa aldeia carrega as colinas. Elas não caem através das nuvens na planície. Agora já estamos longe, diz Käthe, e boceja para o sol. Meu pai atira um cigarro aceso pela janela. A tia mexe as mãos e conversa.

Entre as cercas as ameixas são pequenas e verdes. Na grama, as vacas estão paradas e observam, mastigando, rodas empoeiradas. A terra sai da grama e se estende sobre pedras carecas, sobre raízes e sobre cascas. Käthe diz: estas são montanhas e as pedras são rochedos.

Ao lado das rodas do carro, os arbustos balançam por causa da corrente de ar. De suas raízes brota a água. As samambaias bebem e sacodem seus tecidos de renda. O carro anda em caminho cinza e estreito. Elas chamam serpentinas, diz Käthe. Os caminhos se embolam. Nossa aldeia fica bem abaixo dos montes, digo. Käthe ri: os montes ficam aqui na serra e nossa aldeia fica lá na planície.

As pedras brancas que marcam a quilometragem olham para mim. A metade do rosto de meu pai está sobre o volante. A tia pega meu pai pela orelha.

Pequenos pássaros pulam de galho em galho. Perdem-se na mata. Dão um pio. Quando não tocam nos galhos, voam silenciosos com as patas encostadas na barriga. Käthe também não sabe o nome dos pássaros.

Käthe procura na caixa de pepinos um pequeno pepino espinhoso. Ela o morde fazendo bico e cospe as cascas.

O sol se põe atrás da montanha mais alta. A montanha treme e engole a luz. Em casa o sol se põe atrás do cemitério, digo. Käthe come um grande tomate e diz: na serra escurece mais cedo do que em casa. Käthe põe sua fina mão branca sobre meu joelho. O carro vibra entre a mão de Käthe e minha pele. Na serra, o inverno também chega mais cedo do que em casa, digo.

O carro fareja com luzes verdes através da orla das matas. As samambaias espalham seus tecidos de renda na escuridão. A tia encosta a face na vidraça e dorme. O cigarro de meu pai arde sobre o volante.

A noite come os caixotes do carro, come os legumes nos caixotes. Os tomates cheiram mais forte nas montanhas do que em casa. Käthe não tem braços nem rosto. Sua mão acaricia calorosamente meu joelho frio. A voz de Käthe está do meu lado e fala de longe. Eu mordo calada meus lábios para não perder minha boca na noite.

O carro dá um pulo. Meu pai apaga as luzes verdes. Desce do carro e diz: chegamos. O carro está parado diante de uma casa comprida sob a lâmpada. O telhado da casa é negro como a floresta. A tia fecha a porta do carro e coloca um pijama na mão de meu pai. Ela mostra com o dedo indicador torto na escuridão e diz: lá em cima fica a aldeia. Sigo com o olhar seu dedo indicador e vejo a lua.

Aqui é o moinho de água, diz Käthe. Meu pai coloca o pijama embaixo do braço e dá uma chave para a tia. A tia abre a porta verde da casa. Käthe diz: a velha mora lá na aldeia com a irmã.

A tia vai para detrás de uma porta negra. Para o quarto dela, diz meu pai. Ele sobe uma estreita escada de madeira e fecha a porta do alçapão atrás de si. Käthe e eu estamos deitadas no quarto da frente numa estreita cama sob uma pequena janela negra com cortina de renda branca. Através das paredes do quarto a água murmura. Käthe diz: é o rio.

Os cabelos de Käthe estalejam em meu ouvido. Diante da pequena janela negra a lua está pendurada na boca negra das nuvens. Lá fica a aldeia.

As coxas de Käthe repousam mais baixas que as minhas coxas. A cabeça de Käthe está mais alta que a minha cabeça. Exala um ar quente da barriga de Käthe. Sob meu pequeno e fino corpo o colchão de palhas estala.

Atrás da porta negra a cama estala. Atrás da porta do alçapão estala o feno.

O ar quente da barriga de Käthe tem o cheiro de peras podres. A respiração de Käthe sussurra no sono. Da branca cortina de renda nascem cactos de flores molhadas com talos grandes e folhas enroscadas.

Um guinchar cai escada abaixo. Levanto a cabeça e a deixo cair novamente. Meu pai persegue o guinchar. Meu pai está descalço. Tateia com as mãos grandes na porta negra. A porta não chia. Os dedos de meu pai estalam e a fechadura da porta negra se fecha silenciosamente atrás de suas costas. A tia se diverte e diz: pés frios. Meu pai morde os lábios e diz: camundongos e feno. A cama range. O travesseiro respira alto. O teto se dobra em compridos golpes. A tia geme. Meu pai ofega. A cama pula da madeira em pequenos golpes.

Atrás da casa o riacho balbucia. O seixo empurra, as pedras apertam. Käthe repuxa a mão durante o sono. A tia ri, meu pai cochila. Atrás da janela negra flutua uma folha redonda.

A fechadura da porta negra estala. Meu pai sobe descalço sem os calcanhares a estreita escada de madeira. Sua camisa está aberta. Seu andar cheira a peras podres. A porta do alçapão chia e se fecha lentamente. Käthe vira o rosto durante o sono. As coxas de meu pai estalam no feno.

O riacho balbucia entre meus olhos: fiz algo impuro, olhei para algo impuro, ouvi algo impuro, li algo impuro.

Enterrei as mãos embaixo do cobertor. Desenho com meus dedos serpentinas em minhas coxas. Sobre meu joelho fica nossa aldeia. Käthe mexe com a barriga durante o sono.

Os cachos de flores inclinam seus talos brancos. A janela negra tem uma fenda cinza. As nuvens estão cheias de cordões vermelhos. Os pinheiros verdejam nos ápices.

A tia está parada decomposta diante da porta negra. Sob sua camisola tremem melões. A tia diz algo sobre nuvens vermelhas e vento. Käthe boceja com uma boca vermelha e grande e levanta os braços diante da pequena janela. A porta do alçapão estala. Meu pai desce abaixado a estreita escada. Seu rosto está barbudo e diz: dormiu bem? Eu digo: sim. Käthe acena com a cabeça. A tia fecha a blusa. Entre os melões o botão é muito pequeno e não para na casinha. A tia olha para meu pai e diz novamente sua frase do vento e das nuvens vermelhas. Meu pai se recosta na escada de madeira e se penteia. Deixa cair um punhado de cabelos pretos do pente gorduroso ao lado dos degraus. Às duas horas viremos apanhar vocês, diz ele. A tia olha sorrindo para a porta verde e diz: Käthe sabe.

O carro zumbe. A tia está sentada ao lado de meu pai no carro. Ela se penteia com o pente gorduroso. Atrás de sua orelha o cabelo é grisalho.

Olho para os telhados vermelhos distantes. Käthe diz: ali em cima fica a aldeia. Pergunto: ela é grande? Käthe diz: pequena e feia.

Deito-me na relva. Käthe está sentada sobre uma pedra ao lado do riacho. Vejo a calcinha azul de Käthe com a mancha amarela de peras podres entre suas coxas. Käthe deixa a saia deslizar entre as coxas. Käthe chicoteia a água com uma vara para debaixo das pedras. Olho para a água e pergunto: você já é uma mulher? Käthe atira seixos na água e diz: só quem tem um homem é uma mulher. E sua mãe?, pergunto. Mordisco uma folha de bétula na boca. Käthe despetala uma margarida e diz para si mesma: me ama, não me ama. Käthe atira o miolo nu e amarelo da margarida na água: minha mãe tem filhos, não é, diz ela. Quem não tem homem também não tem filhos. Onde ele está?, pergunto. Käthe desfolha a folha de uma planta: me ama, morreu, não me ama. Pergunte a sua mãe, se você não acredita em mim. Eu colho margaridas. A velha Elli não tem filhos, digo. Ela nunca teve um homem, diz Käthe. Ela amassa um sapo de manchas marrons com uma pedra. Elli é uma velha donzela, diz Käthe. O cabelo vermelho é hereditário. Olho para a água. Também suas galinhas são vermelhas e seus coelhos têm olhos vermelhos, digo. Os pequenos besouros negros que saem das margaridas sobem em minha mão. Elli canta à noite no jardim, digo. Käthe está parada sobre um tronco de árvore e grita: ela canta porque bebe. As mulheres precisam se casar para não beber. E os homens?, pergunto. Eles bebem porque são homens, diz Käthe e salta na relva. Eles também são homens quando não têm mulheres. E seu noivo?, pergunto. Ele também bebe porque todos bebem, diz Käthe. E você, pergunto. Käthe revira os olhos. Eu vou me casar, diz ela. Atiro uma pedra na água e digo: eu não bebo e não vou me casar. Käthe ri: ainda não, mas mais tarde, agora você é muito pequena. E se eu não quiser?, digo. Käthe colhe morangos silvestres. Quando você crescer, você já vai querer, diz ela.

Käthe está deitada na relva e come morangos silvestres. Entre os seus dentes a areia vermelha gruda. Suas coxas são longas e pálidas. A mancha na calcinha de Käthe está molhada e escura. Käthe joga os talinhos dos morangos sobre seu rosto e canta: e isto me traz aquele alguém, que eu amo como ninguém, e que me faz feliz. Sua língua se movimenta vermelha e está pendurada na cavidade bucal em um fio branco. Elli canta isso à noite no jardim, digo. Käthe fecha a boca. Como continua?, pergunto. Käthe se ajoelha na relva e acena. O carro vem rodando dos telhados distantes. Os caixotes vazios balançam no carro.

Meu pai desce do carro e tranca a porta verde da casa. A tia está sentada ao lado do volante e conta dinheiro. Käthe e eu subimos no carro. O carro vibra. Käthe está sentada ao meu lado sobre um caixote de pepinos vazio.

O carro roda rápido. Vejo como as florestas são espessas. Os pequenos pássaros sem nome voam sobre o caminho. As sombras dos galhos da ramada estão desenhadas no rosto de Käthe. Os lábios de Käthe têm bordas fortes e escuras. Seus cílios são espessos e pontiagudos como agulha de pinheiro.

Pelas aldeias não caminham nem homens nem mulheres. Sob as grandes árvores não há crianças nuas paradas. Entre as grandes árvores há frutas murchas. Cães de pelos desgrenhados latem atrás das rodas.

As colinas se perdem nos largos campos. A planície está no ventre negro. O vento está parado. Käthe diz: logo estaremos em casa. Cutuca os longos galhos das acácias. Sem rosto, arranca com mãos quentes as folhas dos talos. Sua voz diz baixinho: me ama, não me ama. Käthe mastiga na boca o talo nu.

Por detrás do campo se vê uma torre cinza de igreja. Lá está nossa igreja, diz Käthe. Jesus está pendurado na cruz na entrada da aldeia com a cabeça inclinada e com as mãos expostas. Seus dedos do pé são magros e longos. Käthe faz o sinal da cruz.

O lago brilha negro, vazio. A grande cobra come farelo e farinha no moinho. A aldeia está vazia. O carro para diante da igreja. Não vejo a torre da igreja. Vejo as paredes longas e corcundas por detrás dos choupos.

Käthe desce a rua negra com a tia. A rua não tem direção. Não vejo o asfalto. Sento-me ao lado de meu pai. O assento ainda está quente das coxas da tia e tem cheiro de peras podres.

Meu pai dirige, dirige. Dirige as mãos para seus cabelos, dirige a língua para seus lábios. Dirige com mãos e pés pela aldeia vazia.

Por detrás de uma janela sem casa uma luz cambaleia. Meu pai dirige através da sombra do portão do quintal. Puxa a lona sobre o carro.

Minha mãe está sentada à mesa sob a luz. Remenda com lã cinza uma meia sem calcanhar. A lã corre facilmente de sua mão. Olha diretamente para o casaco de meu pai. Sorri. Seu sorriso é fraco e coxeia no contorno dos lábios.

Meu pai atira cédulas azuis sobre a mesa e conta. Dez mil, diz alto. E minha irmã?, pergunta a mãe. Meu pai diz: ela já tem sua parte. E oito mil são do engenheiro. Minha mãe pergunta: deste? Meu pai sacode a cabeça. Minha mãe pega o dinheiro e o leva para o armário com as duas mãos.

Estou deitada em minha cama. Minha mãe se debruça sobre mim, beija meu rosto. Seus lábios são duros como os dedos. Como vocês dormiram lá?, pergunta. Fecho os olhos e digo: meu pai em cima, no feno, a tia em seu quarto e Käthe e eu no quarto da frente. Minha mãe me dá um beijo rápido na testa. Seus olhos brilham frios. Ela se vira e sai.

O relógio bate no quarto. Ouvi coisas impuras. Minha cama está entre um rio raso e um bosque de folhas cansadas na planície. Por detrás da parede do quarto a cama range em curtos golpes. Minha mãe geme. Meu pai arqueja. A planície está cheia de camas negras e de peras podres.

A pele de minha mãe é frouxa. Os poros estão vazios. As peras podres voltam para a pele. O sono é negro sob as pálpebras.

Tango apertado

As ligas das meias de minha mãe apertam profundamente seus quadris, empurrando seu estômago sobre sua barriga comprimida. As ligas das meias de minha mãe são de damasco azul brilhante com tulipas pálidas e possuem duas verrugas de borracha e duas fivelas de arame que não enferrujam.

Minha mãe coloca as meias negras de seda sobre a mesa. As meias de seda têm panturrilhas grossas e transparentes. Elas são de vidro negro. As meias de seda possuem calcanhares redondos e opacos e dedos finos e opacos. Os fios são de pedra negra.

Minha mãe puxa as meias negras de seda sobre suas pernas. As tulipas pálidas caminham dos quadris para a barriga de minha mãe. As verrugas de borracha se tornam negras, as fivelas se fecham.

Minha mãe empurra os dedos petrificados e enfia os calcanhares petrificados nos sapatos negros. Os tornozelos de minha mãe são dois pescoços negros petrificados.

O sino toca duro e abafadamente a mesma palavra. O sino toca no cemitério. O sino bate.

Minha mãe carrega a escura e verde coroa de pinheiros e de crisântemos brancos. Minha avó carrega a coroa chocalhante de pedrinhas brancas com a imagem redonda da sorridente

Maria e da pálida escrita húngara da monarquia: Szüz Mária Köszönöm. A coroa balança sob o dedo indicador de minha avó e sobre a fina articulação avermelhada.

Carrego um maço de rebeldes e finas samambaias e uma mão cheia de velas que eram tão brancas e frias como os meus dedos.

O vestido de minha mãe faz pregas negras. Os sapatos de minha mãe matracam em pequenos passos. As tulipas de minha mãe se espalham ao redor de sua barriga.

O sino repica em seu batimento a mesma palavra. Ele tem um eco anterior e posterior e não se apaga. Minha mãe se dirige com as panturrilhas vitrificadas, com os tornozelos petrificados para o eco da palavra, para dentro do batimento.

Diante dos passos de minha mãe, o pequeno Sepp caminha com uma coroa de pervincas e de crisântemos brancos.

Eu caminho entre a coroa escura do verde pinheiro e entre a coroa chocalhante de pedrinhas brancas. Caminho atrás de minhas samambaias rebeldes.

Passo pelo portão do cemitério e tenho o sino diante do meu rosto. Tenho o batimento do sino sob meus cabelos. Tenho o batimento no pulso ao lado dos olhos e nas fracas articulações da mão sob as samambaias rebeldes. Tenho o nó que balança na corda do sino em minha garganta.

O dedo indicador de minha avó está com a unha azulada e morta em sua raiz. Minha avó dependura sua coroa chocalhante de pedrinhas brancas no túmulo sobre o rosto de meu pai. No lugar dos olhos profundos de meu pai está agora o encarnado coração vermelho da sorridente Maria. No lugar dos lábios duros de meu pai está agora a escrita húngara da monarquia.

Minha mãe está debruçada sobre a escura coroa de pinheiro verde. Seu estômago se espreme sobre sua barriga. Os crisântemos brancos se enrolam sobre as bochechas de minha mãe. O vestido negro de minha mãe se enfuna com o vento, que circula os túmulos. Os pés negros e vitrificados de minha mãe têm trincos finos e brancos, que passam sobre suas coxas em direção às verrugas de borracha, em direção à barriga de minha mãe sobre a qual as tulipas nadam.

Minha avó puxa a samambaia rebelde com seu dedo indicador morto, que está ao redor do túmulo. Eu enfio as velas brancas entre suas folhas e furo a terra com as pontas dos dedos gelados.

O palito de fósforos cintila azul na mão de minha mãe. Os dedos de minha mãe tremem e a chama treme. A terra come as articulações de meus dedos. Minha mãe traz a chama ao redor do túmulo e diz: não se fazem buracos em túmulos. Minha avó recolheu o dedo indicador morto e aponta para o encarnado coração vermelho da sorridente Maria.

Nos degraus da capela está o padre. Sobre seus sapatos há dobras negras. As dobras se arrastam sobre sua barriga em direção ao queixo. Atrás de sua cabeça balança a corda do sino, o grosso nó. O padre diz: vamos orar pelas almas mortas e vivas, e cruza as mãos ossudas sobre a barriga.

O pinheiro verde dobra suas folhas pontiagudas, a samambaia curva o esqueleto desordenado. Os crisântemos têm cheiro de neve, as velas têm cheiro de gelo. O ar sobre os túmulos se torna negro e murmura uma oração: e Você, Deus, soberano do exército celestial, salva-nos deste desterro. A noite sobre a torre da capela está tão negra quanto os pés vitrificados de minha mãe.

As velas impelem uma brenha derretida de seus dedos. A brenha derretida se torna, com o ar, tão rígida como minhas costelas. O pavio está carbonizado e farelento e não sustenta as chamas. Entre as velas quebradas rola uma pelota de terra para debaixo da samambaia.

Minha mãe está com os enrolados crisântemos sobre a testa e diz: não se deve sentar nos túmulos. Minha avó aponta o dedo indicador morto. O trinco na perna vitrificada de minha mãe é tão largo quanto o dedo morto de minha avó.

O padre diz: meus queridos fiéis, hoje é Dia de Todos os Santos, hoje nossos queridos mortos, nossas almas mortas, têm uma festa de alegria. Hoje nossas almas mortas têm uma quermesse.

O pequeno Sepp está em pé com as mãos cruzadas sobre a coroa de pervincas do túmulo do vizinho: Liberta-nos, oh Senhor, deste desterro! Numa trêmula luz seu cabelo cinza treme.

O pequeno Sepp toca com seu acordeão vermelho as brancas noivas esvoaçantes pela aldeia, toca os casais de convidados do casamento com as malhas brancas engomadas ao redor do altar, sob o coração encarnado da sorridente Maria, toca a torta de baunilha com as duas pombas brancas de cera diante do rosto da noiva. O pequeno Sepp toca com seu acordeão vermelho os braços e as pernas dos homens e mulheres para o tango apertado.

O pequeno Sepp tem dedos curtos e sapatos curtos. Ele aperta as teclas com seus pequenos dedos esticados. As teclas largas são de neve, as teclas estreitas são de terra. O pequeno Sepp raramente aperta as teclas estreitas. Ele as aperta e a música se torna fria.

As coxas de meu pai se encostam na barriga de minha mãe, ao redor da qual as pálidas tulipas nadam.

A esvoaçante noiva é a vizinha. Ela acena com o dedo indicador. Ela corta um pedaço da torta para mim e coloca as pombas brancas de cera com um sorriso desanimado em minha mão.

Eu fecho a mão. As pombas ficam quentes como minha pele e suam. Enfio as pombas brancas de cera numa almôndega de carne e no pão, que mordo. Engulo o pão e ouço o tango abafado.

Minha mãe passa dançando com as tulipas nadadeiras e as coxas do tio pela beirada da mesa. Ela tem os crisântemos enrolados ao redor da boca e diz: com comida não se brinca.

O padre levanta as mãos ossudas em nome de Deus: liberta-nos deste desterro! De suas mãos levanta-se uma fugaz brenha de fumaça e esvoaça ao redor do nó da corda do sino e entra na torre.

O túmulo cedeu, diz minha mãe. São necessárias duas viagens de terra e uma viagem de húmus no túmulo para que as flores cresçam.

Os sapatos pretos de minha mãe estalam na areia. Seu tio pode fazer isso pelo irmão morto, diz a mãe.

Minha avó dependura a coroa com as pedrinhas brancas em seu dedo indicador morto.

Os olhos profundos de meu pai olham para os pés pretos vitrificados de minha mãe com as rachaduras brancas.

Os sapatos pretos de minha mãe passam pelos montes de terra levantados pelas toupeiras entre túmulos estranhos.

Nós passamos pelo portão do cemitério. A aldeia se afunda em si mesma e exala um cheiro de pinheiro verde e samambaia, de crisântemos e de brenha de cera.

Diante de meus passos caminha o pequeno Sepp.

A aldeia está negra. As nuvens são de um damasco negro.

Minha avó balança a coroa de pedrinhas brancas. Minha mãe esmaga meus dedos em sua mão.

Meu pai é nossa alma morta. Meu pai vai a uma quermesse hoje e passa dançando pelos arredores da aldeia.

As ligas das meias de minha mãe apertam profundamente seus quadris.

Meu pai pressiona, num tango apertado, suas coxas numa nuvem de damasco negro.

A JANELA

MINHA MÃE PUXA O oitavo cordão sobre os meus quadris. Os cordões são brancos e apertados. Os cordões são quentes e apertam os quadris e esmagam o fôlego no pescoço.

Peter está sentado em uma cadeira num canto da mesa e espera.

Os saiotes estão dobrados em pregas duras como pedra e cheios de rendas. Os buracos das rendas, a estrutura estreita está mofada e pesada. As rendas possuem veias calcificadas como longas paredes de veias de cal do velho moinho.

A nona saia é de cinza luminoso como as ameixas pela manhã. Ela desliza sobre os saiotes duros como pedra. Sinto apenas seu cordão quente. A nona saia tem flores brancas sobre uma base de seda cinza crepuscular. As flores são pequenos sinos com cabeças inclinadas. Muitas cabeças estão escondidas nas dobras. Elas só podem ser vistas quando me viro, quando o acordeão chia, quando o clarinete grita, quando a pele esticada de bezerro do tambor zumbe.

Peter me gira ao redor de seu rosto.

Os sinos brancos tornam-se desvanecidos e murmuram um compasso. Meus sapatos marcam um compasso, as franjas de meu xale titubeiam um compasso. Meus cabelos esvoaçam um compasso. Um cacho me cai sobre a orelha, um cacho me cai na nuca, um cacho me cai sobre o nariz e exala um cheiro de ameixas amassadas. O tambor vibra tão vazio como a ponte.

Toni gira seu meio rosto atrás da cabeça de Bárbara. Meus olhos passam pela orelha de Toni. Minhas orelhas giram ao redor da cabeça de Peter.

A pele de vitela vibra nas têmporas, nos cotovelos, nos joelhos. A pele de vitela vibra sob o xale, sob a pele e aperta meu coração. Meus quadris são quentes, minhas coxas são rígidas, meus músculos giram sobre minha barriga.

Entre mim e Toni há quatro xales com franjas esvoaçantes. Entre mim e Toni está o rosto do mestre padeiro e seu negro clarinete. Meus saiotes oscilam ao redor de minhas panturrilhas. Minha saia de seda cinza gira ao redor das pernas da calça negra de Peter. As cabeças dos sinos brancos se retiram das dobras. Minha saia de seda cinza é um sino mudo.

As coxas de Peter palpitam quentes. Os joelhos de Peter são duros e afilados. Os olhos de Peter cintilam diante de meu rosto. Os cantos da boca de Peter brilham vermelhos e úmidos. A mão de Peter é grande e dura. Toni levanta a mão de Bárbara abaixo de sua orelha.

O clarinete negro se cala. O mestre padeiro sacode a saliva dele. O mestre padeiro canta: dance comigo de manhã. Peter aperta seu colarinho duro da camisa branca sobre o meu pescoço.

Fecho os olhos e danço com Toni e com minha saia de seda cinza nos arredores da aldeia, atrás do moinho, atrás da última chama da luz branca da lâmpada alta embaixo da ponte côncava.

Minha blusa é macia, seus botões são pequenos, suas casinhas de botão são grandes. Minha saia é crepuscular e se levanta como névoa. As mãos de Toni queimam sobre minha barriga. Meus joelhos se separam nadando, nadando tão distantes, como o comprimento de minhas coxas. Minha barriga estremece, minhas têmporas me apertam os olhos. A ponte está côncava e geme e o eco cai em minha boca. Toni está ofegante e a grama suspira. Minha saia crepita sob meus cotovelos. As costas de Toni suam em minhas mãos. Lá em cima na lua, atrás de meus cabelos os cães latem, esquecidos, e o guarda-noturno se recosta na longa parede de veias de cal do velho moinho e dorme. A ponte gira em minhas mãos e minha língua gira na boca de Toni. Toni cava com uma respiração entrecortada um buraco em minha barriga. Meus joelhos nadam na borda da ponte. A ponte cai em meus olhos. Em minha barriga corre um lodo quente e se alastra sobre mim e cola minha respiração e enterra meu rosto.

Eu abro os olhos. Em minha testa há gotas trêmulas. A chuva cansada sob a ponte oca escorre de minha garganta.

Peter esmaga minha mão com seu polegar grande, com seu suor grudento. Peter me gira ao seu redor e gira ao meu redor. Eu nado ao redor de Peter e meus joelhos são de chumbo.

O mestre padeiro sacode a saliva de seu negro clarinete e canta com garganta saltitante: não, ela dizia não, eu não beijo. Seus olhos giram como o vinho no barril. Os ombros negros de Toni giram ao redor das franjas esvoaçantes de Bárbara.

Peter faz amor comigo. Meus dedos colam nos dedos de Peter. Meus braços se enroscam em seus cotovelos. Diante de meu rosto gira a janela que sai de sua carne e de minhas mãos esmagadas. Eu vejo através da janela o meio rosto de Toni.

Entre nossas janelas, entre nossos meios rostos, aparece o rosto anguloso de minha mãe com um lenço de seda preta na cabeça, com os olhos duros e mosqueados, com a boca desdentada.

Os olhos duros nadam para fora do rosto anguloso, para fora do lenço de seda preta, nadam para o final da estrada aberta, para o final da aldeia atada. Atrás dos últimos jardins, atrás da ponte oca, os olhos duros quebram a terra e caem dentro dela.

Na periferia da aldeia há uma cruz. Jesus está pendurado na beira da estrada e sangra, e olha distraidamente através de uma janela de ameixeiras despedaçadas para o nabal.

Meus olhos saem da janela, saem da minha cabeça, saem da minha boca quente, saem do meu suor escondido. Minha janela está cega. Meus braços estão cruzados e mortos nos braços de Peter. Eu olho mais uma vez através de minha janela cega e digo baixinho, rapidamente: estou enjoada.

A língua me cai na boca. Eu caio sobre meu sino crepuscular de seda cinza. Afundo nas dobras inquietas das saias negras das mulheres idosas, nas mãos que agarram, na boca desdentada.

As saias negras estão tão abertas como as estradas, tão atadas como a aldeia, tão despedaçadas como a pegajosa terra atrás dos últimos jardins, atrás dos olhos duros, atrás da boca desdentada.

O homem com a caixa de fósforos

Toda noite a aldeia é destruída pelo fogo. Primeiro as nuvens se queimam.

Cada verão leva um celeiro. Sempre aos domingos, quando as pessoas dançam e jogam baralho, os celeiros queimam. O crepúsculo rola pelas estradas como um intestino grosso. Então arde bem embaixo da palha e galhos. E apenas um sabe disso, o homem com a caixa de fósforos, que carrega seu ódio pela folhagem de batatas atrás dos milharais. Nesse jardim, ele carregou sacos e picou nabos quando era apenas uma criança franzina. Nesta casa, ele dormia no estábulo. Nesta casa, ele era chamado de criado pela menina de tranças loiras da mesma idade, que chupava laranjas no inverno e espremia o sumo perfumado da casca em seu rosto. Agora ele passa dentro do milharal e um ruído se faz atrás dele, ele próprio acredita que é o vento.

O homem gordo o segue com pequenos olhos duros pela estrada e, na hospedaria, ele se senta na outra mesa; uma vez ou outra, olha para seu rosto através do ângulo do braço.

Agora a chama se debate, agora ela desliza com suas saias vermelhas e quentes e ascende para o teto. E no céu da aldeia já cintila a brasa.

Fogo, alguém grita, então já gritam dois, então todos gritam a mesma palavra, e a aldeia hesita sobre a colina. Os homens correm com baldes para o fogo.

Os bombeiros vêm da festa dos bombeiros com as bombas pintadas de vermelho, que esticam um braço chiante e agitado nas árvores. Ao redor do grande celeiro em brasa o fogo crepita e brilha. Então há um estalo e as vigas se quebram e caem. E o caldeirão esquenta e os rostos ficam vermelhos e pretos e incham de medo.

Estou no quintal, as pernas me crescem da garganta. Não tenho nada a não ser esta garganta estrangulada. Minha goela salta sobre as cercas.

O fogo judia de mim com suas pinças. O fogo se aproxima e minhas pernas são lenha negra carbonizada.

Eu ateei o fogo. Apenas os cachorros sabem disso. Todas as noites eles vagueiam pelo meu sonho. Dizem que não dirão nada, porém vão latir até me matar.

Homens entraram abruptamente em nosso quintal. Jogaram leite no jardim e levaram os baldes, puxaram o meu pai pela manga do casaco e disseram, venha, você também pertence aos bombeiros, você tem um quepe bonito e um uniforme vermelho-escuro. Meu pai acatou o convite e foi com eles. Meu pai se assustou com eles. E seu uniforme vermelho-escuro corria diante dele no asfalto. E seu bonito quepe comia a cada passo um pouco de seus densos cabelos. Em minha testa havia um suor quente, as ondas vermelhas sob as minhas pálpebras queimavam meu nervo visual.

Corro pela grama. Ali está a multidão olhando embasbacada.

E eu.

Sinto seus olhos penetrantes em minha nuca.

E ao meu lado continua sempre o homem com a caixa de fósforos.

Seu cotovelo, ao lado do meu braço está o seu cotovelo. Ele é duro e pontiagudo.

Terra do jardim cai de seus sapatos.

Ninguém olha para mim. Todos são compostos apenas de costas e calcanhares e máscaras de aventais e franjas de lenços de cabeça.

Todos se calam.

E eles se calam até hoje, mas me excluem.

E ele ganha o jogo de cartas no domingo. E o homem com a caixa de fósforos dança muito bem.

Crônica da aldeia

Desde que há somente onze alunos e quatro professores na aldeia e que, todos juntos, são denominados de escola fundamental, o professor de ginástica também leciona a disciplina de agricultura. Desde então, nas aulas de agricultura, treinamos o salto a distância sobre um areal sempre molhado, jogamos queimada, no verão com bolas e no inverno com bolas de neve. Neste jogo, os alunos se dividem em times. Quem é acertado pela bola está morto e precisa ir para trás da linha de combate até todos de seu time serem atingidos, o que na aldeia se diz caídos. O professor de ginástica tem dificuldades em dividir os alunos. Por isso ele anota, após cada aula, a que povo os alunos pertencem. Quem na aula anterior teve permissão para ser do povo alemão, precisa ser agora, na próxima aula, do povo russo, e quem na aula anterior era do povo russo, tem permissão para ser do povo alemão. Acontece, às vezes, que o professor não consegue convencer o número de alunos necessários para serem russos. Quando o professor não sabe mais o que fazer, diz, sejam todos alemães e comecem. Como os alunos, neste caso, não entendem por que deveriam ainda lutar, eles se dividem em saxões e suábios.

No verão, os alunos trazem também tinta vermelha e se pintam após serem atingidos com manchas vermelhas sobre a pele e nas camisas.

O professor de ginástica, quer dizer, o diretor da escola, que é também professor de música e de língua alemã, assumiu há alguns dias também as aulas de história, uma vez que este jogo também se adapta às aulas de história.

Ao lado da escola fica o jardim de infância. As crianças cantam canções e declamam poesias. As canções falam de peregrinações e caçadas, as poesias, do amor pela mãe e pela terra natal. Às vezes, a professora do jardim da infância — que ainda é muito jovem, o que na aldeia se chama a flor da idade — e também uma boa tocadora de acordeão, ensina para as crianças até mesmo canções que estão na moda, nas quais aparecem também palavras inglesas como *darling* e *love*. Acontece, às vezes, que os meninos agarram as meninas por debaixo das saias ou espiam através da porta encostada do banheiro das meninas, o que a professora chama de vergonha. Como isto ocorre de vez em quando, o jardim da infância também realiza reunião de pais, que na aldeia são chamadas de conferências de pais. Nas reuniões de pais, a professora dá instruções aos pais, que na aldeia são chamadas de conselhos, de como devem castigar seus filhos. A punição mais recomendada e que se adapta a qualquer transgressão é a prisão domiciliar. As crianças, após saírem do jardim da infância e irem para casa, não podem mais ir para a rua por uma ou duas semanas.

Ao lado do jardim de infância está a praça do mercado. Na praça do mercado, há anos, ovelhas, cabritos, vacas e cavalos eram vendidos e comprados. Agora, uma vez na primavera, vêm alguns homens disfarçados da aldeia vizinha, que colocam no carro caixotes de madeira com leitões. Os leitões são vendidos e comprados apenas aos pares. Os preços dependem muito menos do peso do que da raça, que na aldeia é chamada de qualidade. Os compradores trazem um vizinho ou algum parente e apreciam a constituição do corpo do leitão, que na aldeia é denominada estatura. É analisado se possuem pernas longas ou curtas, se suas orelhas, focinhos e cerdas são longos ou curtos, se possuem rabos enrolados ou esticados. Os leitões com manchas negras e os leitões com os olhos de cores variadas são chamados na aldeia de leitões azarões. Neste caso, o vendedor precisa vendê-los pela metade do preço ou colocá-los novamente no caixote de madeira e levá-los de volta.

Além de porcos, as pessoas da aldeia criam também coelhos, abelhas e aves. As aves e os coelhos são denominados, no jornal, de animais pequenos e as pessoas que criam aves e coelhos são chamadas de criadores de pequenos animais.

As pessoas da aldeia possuem, além de porcos e animais pequenos, também cachorros e gatos, que não se diferenciam mais uns dos outros, porque há décadas eles se cruzam entre si. Os gatos são ainda mais perigosos do que os cachorros, eles cruzam também com coelhos, o que na aldeia se denomina acasalamento.

O ancião da aldeia, que sobreviveu a duas guerras mundiais e a muitas outras coisas, tinha um grande gato vermelho. Sua coelha deu à luz, o que na aldeia se denomina parir, por três vezes seguidas, filhotes com manchas vermelhas e cinzas, que miavam e que o ancião sempre afogava. Após a terceira vez o ancião enforcou seu gato. Desde então sua coelha deu à luz por duas vezes filhotes listrados e o vizinho enforcou, após a segunda vez, seu gato listrado. Na última vez havia filhotes de pelos longos e enrolados no ninho da coelha, porque um gato do beco vizinho ou da aldeia vizinha, que era resultado do cruzamento de um cachorro da aldeia com uma gata da aldeia, possuía esse pelo. Então, como o ancião não sabia mais o que fazer, matou sua coelha e a enterrou, pois não queria comer a carne, uma vez que ela, há anos, só tivera gatos no ventre. Na Itália, a aldeia toda sabe disso, o ancião comeu carne de gato enquanto tinha sido prisioneiro de guerra. Porém, isso não quer dizer de maneira alguma, acredita o ancião, que ele devesse tolerar a luxúria de sua coelha, pois uma aldeia suábia, graças a Deus, enfatizava, não ficava na Itália, apesar de dar a impressão para muitos que também poderia ficar na Sardenha. As pessoas da aldeia atribuíam essas impressões à sua arteriosclerose e diziam que ele já estava com sangue grosso na cabeça.

Ao lado da praça do mercado fica o Conselho Popular, que na aldeia é chamado de Casa Paroquial. O prédio do Conselho Popular é uma combinação entre uma casa de camponês e uma igreja de aldeia. De uma casa de camponês, tem as varandas abertas, que estão cercadas de um parapeito sustentado com postes; as pequenas janelas decadentes, as gelosias marrons, as paredes pintadas de rosa e o pedestal verde. De uma igreja da aldeia, tem as quatro escadas da entrada, o abaulamento sobre a porta, a falsa porta de madeira em duas metades com a grade visual, o silêncio nas salas e as corujas e os morcegos no telhado, que na aldeia são chamados de bichos.

O prefeito, que na aldeia é chamado de juiz, faz suas reuniões no Conselho Popular. Entre os presentes há fumantes que fumam distraidamente, não fumantes que não fumam e dormem, alcoólatras, que na aldeia são chamados de bêbados e que têm garrafas embaixo das cadeiras, como também não alcoólatras e não fumantes, que são imbecis, que na aldeia são chamados de decentes e que agem como se estivessem prestando atenção, mas que estão pensando em coisas muito diferentes, no caso de realmente conseguirem pensar.

Também os estranhos, que vêm para a aldeia, procuram pelo Conselho Popular e, quando estão aflitos, vão para o quintal do fundo para mijar, o que na aldeia se chama verter água. A privada, que fica no quintal do fundo do Conselho Popular, é uma privada aberta, não possui nem porta nem telhado. Apesar das muitas semelhanças entre o Conselho Popular e a igreja, ainda não aconteceu que um estranho entrasse na igreja em vez de entrar no Conselho Popular, uma vez que a igreja pode ser reconhecida pela sua cruz e o Conselho Popular pela tábua honorífica, que na aldeia é denominada de caixa de honras. Na caixa de honras há jornais expostos que, quando estão totalmente amarelados e ilegíveis, são trocados.

Ao lado do Conselho Popular fica o salão de cabeleireiro, que na aldeia é chamado de sala de cabeleireiro. No salão há uma cadeira diante de um espelho, um fogão a lenha num canto e um banco de madeira na parede, no qual os fregueses, que na aldeia eram chamados de fregueses de barba, se sentam e dormem, o que na aldeia é chamado de esperar.

Dos fregueses de barba, nenhum tem mais de cem anos. Além de se barbearem, todos os fregueses cortam os cabelos, mesmo aqueles que não têm mais cabelo. O cabeleireiro, que na aldeia é chamado de barbeiro, amola a navalha de barbear, após cada raspagem, na cinta de couro que balança e começa a zumbir; massageia o rosto dos mais jovens fregueses de barba, de menos de sessenta anos, com perfume, e os mais velhos, com álcool, porque não é de bom-tom, o que na aldeia é denominado não ficar bem, que um homem mais velho cheire a perfume, o que na aldeia é denominado como feder a perfume.

Ao lado do salão de cabeleireiro e diante do Conselho Popular, foi construída uma rampa de cimento, que na aldeia é chamada de praça de quermesse. Nesta rampa de cimento, os casais da quermesse dançam.

Desde que a aldeia começou a diminuir, porque as pessoas se mudam para a cidade ou então para outro lugar, as festas de quermesse se tornam cada vez maiores e os trajes típicos mais festivos, de tal modo que os jornais podem descrever minuciosamente a festa de cada aldeia e chamá-la, senão de grande comunidade, pelo menos de comunidade. Como cada quermesse de aldeia acontecia em um domingo diferente, todos os casais de quermesse de uma aldeia vão para sua própria quermesse, que na aldeia é denominada festa de quermesse, e vão também para a quermesse da aldeia vizinha, o que na aldeia se denomina participar. Como em Banat todas as aldeias são vizinhas, os mesmos casais tomam parte em todas as festas de quermesse, os espectadores são os mesmos e a banda de música também é a mesma. Graças às festas de quermesse, a juventude do Banat toda se conhece e, assim, são frequentes os casamentos entre membros de aldeias diferentes, quando os pais se convencem de que o casal pode não ser da mesma aldeia, mas são alemães.

Ao lado do salão de cabeleireiro fica a cooperativa de consumo, que na aldeia é denominada loja. Ela tem cinco metros quadrados de área e vende panelas, lenços de cabeça, geleia, sal, chinelos e uma pilha de livros dos remotos anos 1960. A vendedora é diabética e certamente da aldeia vizinha, porque lá há uma Kondi e o nome Franziska.

Na nossa aldeia as mulheres se chamam Magdalena, que na aldeia fica Leni, ou Theresia, que fica Resi. Os homens na nossa aldeia se chamam Matthias, que na aldeia é apelidado de Matz, ou Johann, que fica Hans. Os sobrenomes na nossa aldeia são nomes de profissões: Schuster, Schneider, Wagner e nomes de animais: Wolf, Bär, Fuchs. Além desses nomes há ainda na nossa aldeia dois outros nomes: Schauder e Stumper, dos quais ninguém sabe a origem. Alguns aldeões, chamados de linguistas do Banat, conseguiram comprovar, por meio de uma pesquisa filológica, que esses nomes surgiram de uma deformação de outros nomes. Além desses nomes, há ainda as alcunhas, que na aldeia são chamadas de apelidos: Schmalzbauer, Geizhals.

Ao lado da cooperativa de consumo está a Casa de Cultura. Na Casa de Cultura acontecem, quando chove, as quermesses e, quando chove, graniza, neva ou quando o tempo está bom, os casamentos. A Casa de Cultura também tem quatro escadas, uma grossa porta falsa de madeira com uma grade visual, um corredor, em forma de abóbada, pequenas janelas decadentes, gelosias marrons e bichos no telhado. Num pequeno cômodo muito escuro, no qual ficava outrora o projetor de filmes do cinema, se encontra agora um grande fogão, que na aldeia se chama fogão econômico, com uma grande chaleira embutida, uma vez que ninguém mais vai ao cinema e os casamentos se tornaram mais frequentes. Desde que o velho assoalho foi substituído por parquete, os velhos convidados de casamento, que na aldeia são chamados de casais de casamento, também dançam, em vez de valsa e foxtrote, novamente a polca.

Ao lado da Casa de Cultura fica o correio. O correio tem dois funcionários. O homem do correio, que na aldeia é chamado de carteiro, e a telefonista, que na aldeia é chamada de mulher do correio, e é a mulher do homem do correio. A mulher do correio carimba a correspondência que chega e, à noite, depois que as caixas de cartas estão vazias, ela separa a correspondência que será despachada, já que o trabalho de telefonista é raramente solicitado. A mulher do correio conhece todas as cartas por dentro e por fora e conhece, por isso, os pensamentos mais secretos dos habitantes da aldeia.

Ao lado do correio está a milícia. O militar, que na aldeia é chamado de o azulão,[1] vem de tempos em tempos para um pequeno cômodo, que na aldeia é chamado de escritório, no qual há uma escrivaninha vazia e uma cadeira. Dirige-se também para a janela e abre-a para ventilar o cômodo até ele fumar seu cigarro estrangeiro; depois, fecha a janela novamente e fecha a porta outra vez e vai para o correio. Ele fica sentado durante horas atrás da estante, conversando com a mulher do correio.

A aldeia tem três travessas laterais, que na aldeia são chamadas de travessas posteriores, uma vez que uma fica atrás da escola e termina nas LPG,[2] uma segunda fica atrás da cooperativa de consumo e termina na Fazenda do Estado e uma terceira, atrás do correio e que termina no cemitério.

As travessas laterais são filas de casas. As casas das filas são todas pintadas de cor-de-rosa, têm os mesmos pedestais verdes e as mesmas gelosias marrons. Elas se diferenciam entre si apenas pelo número da casa. Nas travessas laterais se ouve de manhã bem cedo, quando ainda está escuro, as galinhas cacarejaram e os gansos grasnarem e sibilarem. Quando lá fora está bem claro, o que na aldeia se chama pleno dia, o cacarejar, o grasnar e o sibilar das vozes das mulheres, que na aldeia se chamam donas de casa, dominam, conversando ao lado das cercas e nos jardins, o que na aldeia se chama tagarelar. Os jardins estão sempre bem capinados e mondados, o que na aldeia se denomina cuidados.

1. No original, "Der Blaue" (o azul), a alcunha deve estar associada à cor da farda. (N. T.)
2. LPG, sigla em alemão de Cooperativas de Produção Agrícola. (N. T.)

As casas na aldeia são limpas. As donas de casa limpam, lavam, varrem e esfregam o dia todo, o que na aldeia é chamado de caseiro e econômico. Aos sábados, penduram-se os tapetes persas nas cercas, que são tão grandes como a metade do quintal e que na aldeia são chamados de persas. Eles são batidos, escovados e penteados; depois, são recolocados novamente no cômodo de ostentação, que na aldeia é denominado de cômodo extra. No cômodo extra há móveis polidos de cerejeira ou tília com chapas de nogueira ou de roseira.

Sobre os móveis há quinquilharias, que na aldeia são chamadas de figuras e representam diversos animais, de besouros e borboletas até cavalos. Muito apreciados são os leões, as girafas, os elefantes e os ursos, pois esses animais não existem na região do Banat, vivem em outros países, que na aldeia são chamados de exterior. A região do Banat é denominada assim nos jornais da terra do Banat, que na aldeia é chamada de interior.

O ancião da aldeia desejava há anos visitar um bom amigo da época da guerra no exterior, que na aldeia se chama ocidente, para ver um leão de verdade.

Nas janelas há cortinas brancas de náilon, que na aldeia são chamadas de cortinas de renda. Muitas donas de casas deixam que os parentes do exterior tragam as cortinas de renda e pagam o belo presente com alguns quilos de linguiça caseira ou com um presunto defumado. As cortinas valem isso, dizem elas, pois elas ficarão guardadas para os filhos e netos, que na aldeia se chamam filhos dos filhos, porque os quartos não são ocupados, o que na aldeia se chama de poupados.

As casas têm um quintal dividido em duas partes, que na aldeia é chamado de quintal da frente e quintal dos fundos. Nos quintais da frente, sob a alta parreira de uva e entre os arbustos escorados de rosas aveludadas, estão os coloridos anões de jardim e as grandes rãs verdes, que na aldeia são chamadas de pererecas de jardim. No quintal do fundo, ficam as aves e os escuros cômodos enfumaçados nos quais se cozinha, se come, se lava, se passa e também se dorme, que na aldeia, são chamados de cozinhas de verão. As pessoas da aldeia dividem a semana segundo o cardápio, em dias de carne e dias de massa. As pessoas da aldeia comem comida com gordura, sal e pimenta. Todavia, quando o médico da aldeia lhes proíbe a gordura, o sal e a pimenta, elas comem comida sem gordura, sem sal e sem pimenta e dizem, durante a refeição, que nada é mais importante do que a saúde e que a vida não é mais bela quando não se pode mais comer de tudo: comida boa faz esquecer das preocupações.

Atrás das travessas laterais estão os campos das LPG e da Fazenda do Estado. Os campos são grandes e planos. As plantas sofrem no inverno com a geada, que na aldeia se chama gelar; na primavera, com a umidade, que na aldeia se chama apodrecer; no verão, com o calor, que na aldeia se chama secar. E o outono, a época de colheita, é uma estação de chuva, nos jornais chamada de campanha de colheita, que termina em outubro e que, na aldeia, ainda não está concluída em dezembro. Os profundos buracos, que podem ser vistos nos campos durante o inverno, não são os sulcos dos arados, mas sim as pegadas dos camponeses, que na colheita afundam suas botas até a altura do joelho. Alguns camponeses dizem que desde a nacionalização, que na aldeia se chama de expropriação, não houve mais uma boa colheita. Desde a expropriação, dizem os camponeses, o melhor solo também não tem mais valor e o ancião da aldeia afirma que entre o solo do jardim e o solo do campo há uma grande diferença, uma diferença tão grande como se nunca tivesse sido o mesmo solo.

O solo que cerca a aldeia é o solo das LPG e da Fazenda do Estado. O solo das LPG fica atrás da primeira travessa posterior e o solo da Fazenda do Estado atrás da segunda travessa posterior.

As LPG são constituídas de um presidente, que é o irmão do prefeito e de quatro engenheiros, dos quais um é responsável pela erva daninha; o outro pelas sete vacas e onze porcos; um outro pelos três hectares de pepino e dois de tomates e um pelos três tratores. Sete camponeses das LPG, que são mais de cinquenta ao todo, são chamados na aldeia de membros e tratados pelos engenheiros como mocinhas e rapazes. Nas reuniões, os engenheiros atribuem as más colheitas e as dívidas das LPG ao solo, que é muito arenoso para os cereais e pouco arenoso para as hortaliças. O solo é bom para os cardos e ervas daninhas que sufocam os cereais e as hortaliças, chamados de culturas pelos engenheiros. O engenheiro responsável pela erva daninha diz que o solo das LPG é muito ácido e muito pegajoso.

A Fazenda do Estado constitui-se de um presidente, chamado na aldeia de diretor, que é o cunhado do prefeito e o irmão do presidente das LPG, de cinco engenheiros, dos quais um é responsável pelas nove vacas e quinze porcos; um pelos seis hectares de cenouras e dez de batatas; um pelos cereais e um pelo pomar, que na aldeia é chamado de escola de árvores, e de cem trabalhadores que moram nos galinheiros abertos da Fazenda do Estado. Os engenheiros atribuem as más colheitas da Fazenda do Estado ao solo, que é muito salgado para os cereais e que é pouco salgado para as hortaliças e árvores frutíferas. O solo é bom para as papoulas e para as escovinhas que luzem com o seu colorido no campo e, como dizem os engenheiros, também brilham muito forte nas fotografias. O engenheiro anterior, que fora responsável pela erva daninha, recebeu, no ano passado, graças a estas cores vivas das papoulas e das escovinhas, o primeiro prêmio, que na aldeia se chama ganhar, por uma fotografia colorida numa exposição amadora de fotógrafos romenos e búlgaros em Craiova. O prêmio consistia de uma viagem à Itália. Desde essa viagem, o responsável pela erva daninha é o brigadeiro que é primo do prefeito, do presidente das LPG e do diretor da Fazenda do Estado.

Atrás da terceira travessa posterior fica o cemitério. O cemitério possui uma cerca de abrunheiro bravo e um pesado portão preto de ferro. No final do caminho principal fica a capela, que é uma miniatura da igreja da aldeia e que se parece com uma cozinha de verão.

A capela foi construída, na aldeia se diz doada, antes da primeira guerra, pelo antigo açougueiro que, depois de sobreviver à guerra, foi para Roma, onde viu o papa, que na aldeia se chama Santo Pai. A mulher do açougueiro, que na aldeia era chamada de açougueira, apesar de ser costureira, morreu alguns dias depois que a capela ficou pronta e foi enterrada no jazigo da família embaixo da capela, o que na aldeia se chama sepultamento.

Embaixo da capela também há, além de vermes e toupeiras que existem no cemitério todo, cobras. De tanto nojo dessas cobras é que o açougueiro ainda está vivo e se tornou o ancião da aldeia.

Todos os mortos, com exceção da açougueira, foram sepultados, o que na aldeia se chama descansar em túmulos. Os mortos da aldeia morreram de tanto comer, de tanto beber, o que na aldeia se chama de morrer de trabalhar. Exceção feita aos heróis que, supostamente, morreram de tanto combater. Suicidas não há na aldeia, uma vez que todos os aldeões têm bom-senso, o qual também não se perde com a idade avançada.

Os heróis, que na aldeia se chamam de mortos em combate, para provar que não morreram em vão, o que na aldeia se chama de pessoas que encontraram a morte heroica, porque, provavelmente, se supõe que a procuravam, foram enterrados duas vezes no mesmo cemitério: uma vez no túmulo da família e uma vez sob a cruz dos heróis. Na realidade, eles estão enterrados em qualquer lugar, numa vala comum, que na aldeia se diz que ficaram na guerra. Os mortos em combate têm, na maioria das vezes, obeliscos brancos ou cinzas sobre o túmulo. Os mortos, que em anos passados possuíam campos, têm agora sobre suas cabeças cruzes brancas de mármore. Seus diaristas, que na aldeia se chamam servos, têm cruzes de lata banhadas de estanho e as jovens criadas sozinhas, que na aldeia se chamam de servas, que morreram, têm negras e corroídas cruzes de madeira sobre as cabeças mortas. Deste modo, é possível ver, no cemitério, quando um morto é enterrado, se seus ancestrais, que na aldeia se chamam genealogia, eram senhores ou servos.

A maior cruz é a cruz dos heróis. Ela é mais alta que a capela. Ali estão registrados os nomes de todos os heróis, de todas as frentes, de todas as guerras, mesmo os desaparecidos, que na aldeia se chamam raptados.

* * *

Fecho o portão preto do cemitério atrás de mim. Atrás do cemitério fica o prado, que na aldeia se chama de pasto de vigilância. No pasto de vigilância há árvores isoladas.

Trepo numa árvore que está à beira do prado, mas que poderia muito bem estar no centro da aldeia, caso não fosse assim. Eu me seguro com as duas mãos em um galho e vejo a igreja da aldeia vizinha, em cuja terceira escada uma joaninha limpa a asa direita.

A RISCA DO CABELO E O BIGODE ALEMÃO

RECENTEMENTE UM conhecido voltou de uma aldeia vizinha. Lá queria visitar os pais.

Na aldeia, o dia inteiro fica escuro, disse ele. Não amanhece e nem anoitece. Não há um alvorecer e nem um entardecer. O crepúsculo está no rosto das pessoas.

Ele não reconhece ninguém, apesar de ter vivido durante alguns anos nesta aldeia. Todas as pessoas tinham os mesmos rostos envelhecidos. Ele passava apalpando estes rostos. Cumprimentava-os e não recebia nenhuma resposta. Batia ininterruptamente contra paredes e cercas. Às vezes, atravessava casas que foram construídas no caminho. Todas as portas se fechavam grasnando atrás dele. Quando ele não tinha mais nenhuma porta à sua frente, sabia que estava na rua novamente. As pessoas falavam, porém ele não compreendia sua língua. Ele também não conseguia distinguir se eles caminhavam longe ou perto dele, se eles se movimentavam em sua direção ou para longe dele. Ouviu uma bengala bater em uma parede e perguntou para um homem onde estavam seus pais. O homem respondeu com uma frase longa onde muitas palavras rimavam e mostrou para o vazio com a bengala.

Sob uma lâmpada havia uma placa, na qual estava escrito "Salão de cabeleireiro". O barbeiro esvaziava uma tigela de lata com água e espuma branca pela porta em direção à rua. Meu conhecido entrou no recinto. Sobre os bancos estavam sentados homens idosos que dormiam. Tão logo chegava a sua vez, o barbeiro os chamava pelo nome. Quando chamava, alguns dos que dormiam acordavam e repetiam em coro o nome chamado. O chamado acordava e enquanto se sentava na cadeira, que ficava em frente do espelho, os outros adormeciam novamente.

A risca alemã de cabelo?, perguntava o barbeiro.

O interrogado acenava com a cabeça e olhava mudo para o espelho. Os homens sobre os bancos dormiam, aparentemente sem respirar. Eles estavam sentados inertes como defuntos. Ouvia-se a tesoura no recinto.

O barbeiro esvaziava a tigela de lata na rua, pela porta. Meu conhecido estava de pé perto do jato de água. Ele se recostava na almofada da porta. O barbeiro apontou os lábios como se fosse assobiar. Ele não assobiou. Olhou severamente para o rosto dos adormecidos. Então estalou a língua. De repente, o barbeiro chamou pelo nome de seu pai. Alguns homens acordaram e repetiam com olhos arregalados o nome de seu pai em coro. Um homem com o rosto envelhecido e um bigode preto retorcido levantou-se e dirigiu-se para a cadeira. Os homens sobre os bancos novamente adormeceram.

A risca alemã de cabelo?, perguntou o barbeiro.

A risca alemã de cabelo e o bigode alemão, respondeu o homem. Ouvia-se a tesoura no recinto, e os fios do bigode caíam no chão.

Meu conhecido se dirigiu para a cadeira na ponta dos pés. Pai, disse ele, e o homem sobre a cadeira olhava obstinado para o espelho. Ele lhe tocou os ombros com a mão. O homem diante do espelho olhou ainda mais obstinado para o espelho. O barbeiro segurou a tesoura bem aberta no ar. Ele virou a mão estendida e a deixou circular uma vez ao redor de seu polegar. Meu conhecido voltou ao seu lugar e recostou-se novamente na almofada da porta. O barbeiro ensaboava, com os dedos estendidos, os fios de barba da garganta do homem da cadeira. Pairava um pó cinza entre os rostos diante do espelho. O barbeiro esvaziava a tigela de lata através da porta na rua. O homem passava pela porta perto do jato de água. Meu conhecido foi para a rua na ponta dos pés. O homem caminhava à sua frente, ou era um outro homem? O crepúsculo aproximava-se de seu rosto. Ele não via mais se a pessoa se aproximava ou se afastava dele. Então, percebeu que o homem se afastava dele, porém o seu distanciamento parecia um afundamento, apesar de a rua ser plana. Meu conhecido esbarrou em muitas cercas e paredes. Passou por inúmeras casas construídas no meio do caminho e se dirigiu para a estação de trem.

Ao caminhar, tinha fortes dores nas costas e sabia que ficara por muito tempo recostado na almofada da porta. Sentia muitas dores nos dedos e sabia que arrombara muitas portas. Quando o trem se aproximou da estação, sentiu forte dor de garganta e sabia que o tempo todo falara consigo mesmo.

Ele não viu o guarda-linha. Porém o guarda-linha apitou longa e estridentemente. O trem fazia muito vento ao se aproximar. O trem apitou curta e roucamente. Entre o crepúsculo e o vapor do trem havia uma árvore, bem perto dos trilhos. A árvore estava seca. Em seu tronco havia ainda a placa. Com o trem em movimento meu conhecido não viu o nome da aldeia escrito na placa como outrora, mas apenas a palavra ESTAÇÃO DE TREM.

O ÔNIBUS INTERESTADUAL

GERLINDE, PORQUE VOCÊ o deixa beber, você está sentada ao lado dele, gritou uma mulher, que estava bem na frente em pé, atrás do motorista. Uma criança gorda e calada levantou os olhos. Você não tem juízo, Franz, disse ela para um homem de maçãs de rosto vermelhíssimas, que se segurava com uma mão na barra do bagageiro e a outra deslizava pelo cabelo da testa até a nuca, com um indicador sem unha.

Veja como você está suando! Não adianta dar uma camisa limpa para você, mesmo assim você não é gente.

Os crisântemos tremiam embrulhados em um jornal no bagageiro. Nas curvas, quebravam-se os botões ásperos e rígidos.

Era o que faltava, as flores, essas típicas flores da Valáquia, elas fedem que dão enjoo na gente, disse uma mulher.

Essas suábias cacarejam novamente pelo ônibus todo, disse um homem.

Um cigano estava sentado sobre a roda sobressalente do ônibus e enfiava sementes de abóbora no canto esquerdo de sua boca e cuspia as cascas pelo canto direito.

Eles comem de tudo. Ontem três estiveram na aldeia com um carro preto. Todos os três de terno. Eles estavam recolhendo galinhas mortas, pois ouviram falar da doença das galinhas.

As galinhas da minha mãe morreram quase todas, restando apenas três. Não dá para perceber nada nelas. Elas cacarejam e caem e estão mortas. Eles têm carros, a gente nunca consegue tanto dinheiro assim. A gente não come as galinhas mortas, e mesmo assim sempre estamos doente, e comemos comida sem sal, sem pimenta, sem açúcar e sem gordura.

Meu marido foi ontem ao barbeiro, que agora arranca os dentes da aldeia. O dentista não vem mais. O apodrecimento dos dentes é uma das doenças da aldeia, ele disse, mesmo nas crianças os dentes caninos apodrecem.

E sempre cem lei por um dente, agora chega, eu disse, com estes buracos na boca, deixe arrancar todos e mande fazer uma dentadura.

Franz, guarde a garrafa de pinga. Esta bebida já enterrou muitas pessoas.

Eles não ouvem ninguém, meu marido ainda poderia estar vivo, mas neste caso não adianta falar.

É melhor quando eles morrem, aí a gente tem sossego.

Sim, mas eles só morrem depois que acabaram com a vida da gente.

Do porta-bagagem pingava suco de uva, vermelho como sangue, sobre a parte de trás de uma cabeça. No meio da cabeça o suco havia feito um buraco pegajoso, como um ninho. A quem pertence o saquinho, perguntou aquele no qual o suco havia se infiltrado, e ninguém disse uma palavra.

Ele empurrou a vidraça e jogou o saquinho pela janela.

Mas que patife, disse uma mulher, baixinho, e, quando ele a olhou, ela disse em voz alta, o saquinho não era meu, mas você é um velhaco.

As cortinas estavam puxadas para um lado. O céu estava vermelho e incomodava os olhos.

A pasmada criança gorda mordiscava sua trança e a mulher ao lado a observava e dizia, que feio! A criança desviava o olhar e mordia ainda com mais força na trança.

O ônibus passava por muros de vermelho intenso, que não possuíam janelas, mas que, no entanto, possuíam placas de firmas, com grandes letras pretas e grandes pontos pretos. E estes nunca diziam uma palavra.

As cercas deles também são vermelhas, disse um homem.

Ontem, no turno da noite, um jovem perdeu suas duas mãos na prensa de cinco toneladas. O mestre mandou embora um serralheiro que estava com uma garrafa de pinga e rosqueou as lâmpadas que faltavam. No vestiário surpreenderam o serralheiro dando pinga para o jovem. Eles caíram sobre o serralheiro, que está no hospital.

A gorda criança pasma encostou a cabeça na janela e gaguejava para si. Mordeu a língua quando o ônibus passou por um buraco. Ela balbuciava e chorava.

O milho está no campo e apodrece. Os porcos grandes comeram os rabos dos leitões. Dizem que é uma doença ou problemas de cruzamento de consanguíneos.

Na primavera muita neve derreteu, muito mais do que nevara. Nesta época, todas as ovelhas morreram, com exceção de um casal, que foi abatido antes. Elas tinham tumores no cérebro. O pastor de ovelhas morreu de tédio.

Franz, porque você a deixa comer feijão, você está do lado dela.

Cuspa, Gerlinde, eles foram roubados, disse o homem.

A gorda criança pasma engoliu rapidamente e olhou aborrecida para a grande bolsa que estava cheia de feijões. O agrônomo fechou o zíper da bolsa. Uma mulher ria nervosa. Nas escolas superiores eles aprendem a roubar, disse ela. Franz, coloque o casaco nela.

Venha, Gerlinde, disse o homem, você não está achando a manga.

O cigano sobre o pneu de reserva vestiu suas meias e calçou seus sapatos.

O motorista olhou para o ônibus vazio e soluçava.

Abotoe seu casaco, Gerlinde, disse uma mulher.

A mãe, o pai e o filho

Muitas lembranças da ensolarada costa do mar Negro. Nós chegamos bem. O tempo está bom. A comida é boa. A cantina fica na parte de baixo do hotel e a praia fica ao lado do hotel.

E a mãe não pôde deixar em casa os bigodins de cabelo, nem o pijama do pai, o penhoar e os chinelos da mãe com as borlas de seda.

O pai é o único que se senta na cantina de terno e gravata. Mas a mãe não quer que seja diferente.

A comida pronta está sobre a mesa, fumegando e fumegando, e a garçonete é simpática de novo com o pai, e parece não ser por acaso. O rosto da mãe murcha, o nariz da mãe pinga. Uma veia no pescoço da mãe incha, cai uma mecha de cabelo nos seus olhos, sua boca treme e afunda a colher na sopa.

O pai sacode os ombros, continua a olhar para a garçonete e derruba a sopa no caminho para a boca, faz bico com a boca ainda para a colher vazia, saboreia e enfia a colher até o cabo na boca. O pai sua na testa.

E o menino já derrubou o copo. A água goteja no chão através do vestido da mãe, ele já enfiou a colher em seu sapato, ele já arrancou as flores do vaso e as espalhou sobre a salada verde.

O pai perde a paciência, seus olhos ficam leitosos e gelados e os olhos da mãe quentes e saltados.

Ele também é seu filho, como é meu. A mãe, o pai e o menino passam pela cervejaria.

O pai diminui o passo e a mãe diz que cerveja nem pensar, não, isso nem se cogita.

E o pai odeia a criança muito vermelha, queimada pelo sol, desde o primeiro dia. Odeia o andar arrastado da mãe atrás de si, e sabe, sem se virar, que esses sapatos também estão muitos apertados e que por isso sua carne saltava dos sapatos, como de todos os outros. Não havia sapatos no mundo que servissem para seus pés, pois o dedo menor sempre estava curvado, machucado e com curativos.

A mãe segue puxando a criança de lado e diz uma frase para si, que é tão longa como o caminho, que garçonetes são prostitutas, criaturas depravadas, coisas mesquinhas que não chegam a nada neste mundo. O menino chora e solta o corpo no andar e se deixa cair no chão, e as marcas dos dedos da mãe brilham mais vermelhas em suas faces do que as queimaduras do sol.

A mãe não encontra as chaves do quarto e vira a bolsa. O pai fica enojado com a carteira sebenta, o eterno dinheiro amassado, o pente grudento e os eternos lenços molhados.

Então, finalmente, as chaves aparecem no bolso do casaco do pai, e os olhos da mãe se tornam úmidos, a mãe se contorce e chora.

E a luz pisca, a porta entala e o elevador para. O pai esquece a criança no elevador. A mãe bate com ambas as mãos na porta do quarto.

À tarde há a dormidinha depois do almoço.

O pai sua e ronca, deitado de bruços. Enterra seu rosto no travesseiro e o mancha com a saliva durante o sonho. O menino puxa o cobertor, revolve-o com os pés, franze a testa e diz no sonho o poema da festa de encerramento do jardim da infância. A mãe está deitada, acordada e imóvel na mal lavada roupa de cama, sob o teto mal pintado do quarto, atrás das janelas mal lavadas.

Sobre a cadeira está seu trabalho manual. A mãe está tricotando uma manga. A mãe está tricotando as costas, a mãe está tricotando uma gola, a mãe está tricotando uma casa de botão na gola.

A mãe escreve um cartão-postal: aqui se vê o hotel, no qual estamos hospedados. A nossa janela está marcada com uma cruz. A outra cruz, embaixo na areia, mostra o lugar onde sempre tomamos sol.

Nós vamos logo bem cedo pela manhã, para que sejamos os primeiros e para que ninguém tome nosso lugar.

Os varredores de rua

A cidade está impregnada de vazio.

Um carro atropela meus olhos com suas luzes.

O condutor foge, pois é difícil me ver na escuridão.

Os varredores de rua estão trabalhando.

Eles varrem as lâmpadas, varrem as ruas para fora da cidade, varrem o morar das casas, me varrem os pensamentos da cabeça, me varrem de uma perna para outra, me varrem os passos do andar.

Os varredores de rua me enviam suas vassouras, suas magras e saltitantes vassouras. Os sapatos batem para fora do meu corpo.

Caminho atrás de mim, caio para fora de mim, sobre a margem de minhas imaginações.

O parque late ao meu lado. As corujas comem os beijos que ficaram sobre os bancos. As corujas não dão por minha presença. Os sonhos cansados e estafados se acocoram nos arbustos.

As vassouras me varrem as costas, porque me apoio muito na noite.

Os varredores de rua varrem as estrelas numa pilha, varrem-nas em suas pás e as esvaziam no canal.

Um varredor de rua chama um outro varredor, este um outro e este mais um outro.

Agora todos os varredores misturam todas as ruas. Caminho através de seus gritos, através da espuma de seus chamados, eu quebro, eu caio na profundidade dos significados.

Dou passos grandes. Arranco minhas pernas com o andar.

O caminho foi varrido para longe.

As vassouras caem sobre mim.

Tudo dá voltas sobre si.

A cidade erra sobre o campo, para algum lugar.

Parque negro

Estão sentados no bairro, estão sentados no quarteirão e prestam atenção como o vento bate nas portas e ouvem somente porque a porta não fecha.

Sempre acham que vem alguém e, então, já é noite e é muito tarde para essa visita.

Observar, sempre, como a cortina se abaula, lembrando uma grande bola que entra no quarto. Nos vasos estão as flores em ramalhetes tão grandes que parece apenas algo espesso, belo e desconcertado. Parece com a vida.

E o trabalho fatigante que se tem com essa vida.

Passar por cima de garrafas, que ainda estão de ontem sobre o tapete. E a porta feita de caixas de madeira está escancarada como uma cripta com o vestuário que restou. Tão vazio, como se não tivesse existido a quem ele pertenceu.

O outono para os cachorros no parque, para os casamentos tardios nos jardins de verão em novembro, com dinheiro emprestado e grandes flores vermelhas e palitos nas azeitonas.

A região repleta de noivas em carros emprestados, a cidade cheia de fotógrafos com bonés xadrez. O filme se desenrola atrás dos vestidos das noivas.

Menina enrugada de olhos azuis, para onde você vai de manhã tão cedo sobre tanto asfalto? Durante anos pelo parque negro.

Quando você disse o verão está chegando, você não pensou no verão. E agora você fala do outono como se esta cidade não fosse de pedra e nela não pudesse murchar uma folha.

Seus amigos têm sombras nos cabelos e percebem como você está triste e se acostumam com isso e se contentam com isso. Isto é você. O que fazer quando não importa do que se fala, pois se fala de perder? O que adianta quando o medo desaparece diante dos copos cheios de vinho e as garrafas cada vez se esvaziam mais?

Quando o riso é sonoro, quando eles se retorcem de tanto rir, quando eles morrem de tanto rir, o que adianta? E nós somos ainda tão jovens.

E um ditador caiu de novo, e a máfia assassinou alguém de novo, e um terrorista está morrendo na Itália.

Você não pode beber para conter seu medo, menina! Você beberica deste copo como todas as outras mulheres, que não têm vida, que não se encaixam na coisa. Nem mesmo em sua própria coisa.

Você ainda vai se dar mal, menina, dizem seus amigos.

Há algo insípido em seus olhos. É insípido e esquecido, seu sentimento. É uma pena por você, menina, é uma pena.

Para Richard.

Dia de trabalho

Cinco e meia da manhã. O despertador toca.

Eu me levanto, tiro meu vestido, coloco-o sobre o travesseiro, visto o meu pijama, vou para a cozinha, entro na banheira, pego a toalha, lavo meu rosto com ela, pego o pente, me enxugo com ele, pego a escova de dentes, penteio com ela o meu cabelo, pego a esponja de banho e escovo meus dentes com ela. Então vou para o banheiro, como uma fatia de chá e bebo uma xícara de pão.

Tiro o meu relógio e meus anéis.

Tiro meus sapatos.

Vou para as escadarias, então abro a porta da casa.

Vou de elevador do quinto andar para o primeiro andar.

Então subo nove degraus e chego à rua.

No armazém compro um jornal, então vou até o ponto de ônibus e compro croissant, chego na banca de jornal e entro no bonde.

Desço três estações antes da entrada.

Retribuo o cumprimento do porteiro, então o porteiro cumprimenta e acha que é segunda-feira de novo, e de novo a semana chega ao fim.

Entro no escritório e digo: até logo, penduro meu casaco na escrivaninha, me sento sobre os cabides de roupa e começo a trabalhar. Eu trabalho oito horas.

Posfácio

Algumas notas sobre a obra de Herta Müller

Herta Müller e Imre Kertész devem ser os dois principais escritores de uma geração que, formando-se bem antes, começa a aparecer com mais visibilidade para o mundo a partir da queda do Muro de Berlim. São autores dos países centro-europeus que não se adaptaram às regras da arte oficial preconizada pelas ditaduras comunistas e, por isso, acabaram perseguidos. Como afirma nos próprios textos, Kertész procurou adaptar a vida na medida do possível aos desmandos do Estado húngaro sob a ditadura comunista, sem com isso porém fazer qualquer concessão em sua literatura. Já Müller, por outro lado, não conseguiu suportar o terror que o patético casal Ceausescu impunha à miserável Romênia, e então fugiu para Berlim ocidental, onde publicou uma série de romances e coletâneas de contos cujo assunto principal é a opressão, em suas várias formas, tendo na maioria das vezes como pano de fundo o seu país de origem. A fuga permitiu-lhe trabalhar em paz antes da derrocada das ditaduras, em 1989, mas foi de fato com o encerramento das ditaduras que o interesse por autores como ela aumentou.

Em alguns textos, caso por exemplo de *O compromisso* (o único romance de Müller publicado até agora no Brasil), a autora ambienta a ação — ou melhor, o pouco dela que serve de suporte para descrever os conflitos psicológicos das personagens — em uma cidade grande. Outras vezes, como na notável novela "Depressões", que empresta o título ao seu primeiro livro, o ambiente escolhido é a zona rural. O que não varia é o clima opressivo, presente em cada uma das linhas de seus textos, criado sobretudo através de uma sutil mas bastante habilidosa manipulação da linguagem. Guardadas as proporções de época e temática, há uma possível e bastante frutífera comparação entre ela e Graciliano Ramos. Os dois procuram extrair da linguagem econômica e seca (Müller porém é lírica algumas vezes) uma ênfase muito forte nas personagens e em suas relações com o mundo. Ainda que para o brasileiro a opressão venha do capitalismo agrário explorador, que infelizmente ainda vigora no Brasil, e para a romena o Estado ditatorial comunista sirva para limitar a vida das pessoas, a ponto de vitimá-las, ambos têm em comum o artifício de diminuir ao máximo a expressividade da linguagem para, com isso, tornar o texto rarefeito, incômodo e talvez até fraturado.

As personagens femininas parecem as preferidas por Herta Müller. Em *O compromisso*, uma operária é obrigada a dar depoimentos periódicos a um agressivo e asqueroso funcionário da segurança estatal, depois de ser vítima de uma sorrateira arapuca ao tentar arranjar um marido italiano que lhe retiraria daquela ditadura terrível. A novela "Depressões" é narrada por uma menininha habitante de uma pequena aldeia da zona rural. Ali, a opressão política aparece apenas sugerida, mas estão presentes a delação, o isolamento, a infantilização das pessoas e a falta de perspectivas, características de uma sociedade sob ditadura.

Por fim, completando uma primeira pincelada sobre a ficção de Herta Müller, há o álcool. Aqui e ali o alcoolismo aparece tanto como uma fuga doentia da realidade terrível quanto, paradoxalmente, uma pequena possibilidade de libertação. Um bêbado, afinal de contas, nunca é levado tão a sério e, assim, pode falar um pouco mais. Esse é um dos principais desafios de suas personagens: a necessidade, impossibilitada pela opressão, de se expressar. Como não conseguem, a melancolia e a tristeza dão o tom dos textos. Há um eco, retrabalhado e ajustado, de um certo Samuel Beckett também.

* * *

Desde a primeira leitura, salta aos olhos a disposição de Herta Müller pelo trabalho minucioso com a linguagem. De modo geral, as frases são curtas, estruturadas na ordem direta, sem grandes inversões sintáticas. Às vezes, a enumeração descreve o ambiente, sobretudo quando o cenário é o meio rural. Na maior parte do tempo, a linguagem serve para refletir a psicologia das personagens. Poderia haver nesse caso, a princípio, uma contradição: todo autor esteticamente consciente do caminho que a arte literária tomou a partir das vanguardas do século XX sabe não existir nenhuma possibilidade de criar uma linguagem estruturada quando a questão é a psicologia das personagens.

Aqui, no entanto, está uma das sutilezas que tornam Herta Müller uma escritora notável — e que a coloca distante da enorme ingenuidade linguística de muitos escritores contemporâneos. Uma leitura cuidadosa percebe, por trás da aparente estruturação das frases, certa tensão, constituída justamente pela economia de recursos aplicada a situações de alto nervosismo, o que gera um choque muito eloquente.

É o caso, por exemplo, da mulher sempre na iminência de ser presa em *O compromisso*. A dramaticidade é construída muito aos poucos, através da estruturação milimétrica da linguagem, sempre em tom crescente e a caminho de uma possível explosão, quando tudo se desestruturaria. A frágil ordem psíquica, por cuja sobrevivência a personagem de *O compromisso* luta de um jeito desesperador, vai chegando quase ao limite conforme as páginas se passam.

Aqui está a criação estética particular da autora: a organização da linguagem é só aparente e esconde, em camadas mais profundas, o terremoto que parece inevitável. Ora, são assim todos os regimes ditatoriais, por sinal sempre muito preocupados com a ordem. Por trás dela e do planejamento, porém, o que resta é a ameaça de um terremoto. Tanto nos textos de Herta Müller quanto diante da opressão não existe qualquer possibilidade de uma tranquilidade que não seja mero fingimento. Tudo estruturado e organizado, é verdade, mas só na aparência...

O pacto que o leitor precisa fazer para apreciar Herta Müller, assim, coloca-o diante do motor do autoritarismo reconstruído através da arte. Conforme a leitura rende, começamos a sofrer o nervosismo que os textos constroem, o que resulta em uma espécie de solidariedade com as personagens. O desespero diante da opressão nos contagia. De imediato não apenas descobrimos o que é viver sob uma ditadura (para o caso dos leitores que, felizmente, não a tiverem conhecido), como na mesma hora percebemos a tragédia que ela representa e, graças à habilidade da autora, não temos muita escolha a não ser nos colocarmos contra tal opressão.

Tudo isso Herta Müller consegue manipulando os recursos que a literatura (e apenas ela) oferece sobretudo através da percepção de que um texto só é eficaz esteticamente se conseguir criar sua narrativa a partir de um tratamento adequado da linguagem. A arte literária, nesse caso particular, serviu para nos transportar até um ambiente de opressão, mostrar-nos seu terror e nos fazer sentir a mesma agonia que as pessoas condenadas a ele. Acho inevitável concluir: de longe, já está justificado o título de grande escritora para Herta Müller. Qualquer prêmio, como o Nobel concedido no ano passado, é mera questão de justiça.

* * *

Depressões é o livro de estreia de Herta Müller. Apesar de ainda estar tateando algumas questões, revelam-se desde o início as principais características que tornam volumes como *O compromisso* e *O homem é um faisão sobre a Terra* tão notáveis. A manipulação da linguagem já está madura, o ambiente é no mais das vezes uma aldeia rural pobre e as personagens se encontram em certo estado de opressão.

Alguns contos são bastante curtos e se constituem quase que apenas como flashes líricos de uma situação específica. Mesmo neles, porém, o choque surge dessa justaposição entre o recurso estético do lirismo e um acontecimento seco, ameaçador ou até mesmo cruel.

Textos um pouco mais longos como o "Discurso fúnebre" que abre o livro adotam o mesmo procedimento das miniaturas, mas são mais ricos em detalhes, o que cumpre uma espécie de função de registro: interessa à autora mostrar que as aldeias do interior da Romênia vivem esse tipo de situação. Não é à toa que o livro se abre com um enterro. Müller não tem boas notícias a nos dar sobre esse ambiente. Ele é sofrido, muitas vezes reduz as pessoas à mesquinhez mais vexatória e, mesmo por trás de experiências discretamente cômicas, revela que a melancolia cresce na horta dos habitantes das aldeias.

“Depressões” se diferencia um pouco dos outros textos, inclusive pelo tamanho. Entre contos de menos de uma página, ele ocupa quase meia centena delas. Trata-se de uma novela muito bem-acabada e aqui, sim, a grande escritora que Müller se tornaria aparece. As lembranças de uma menina do campo são tecidas pela descrição do ambiente rural, sem faltar o detalhe dos insetos, do comércio de leite fresco e das flores.

A linguagem é propositalmente infantilizada, o que acentua o tom afetuoso com que a criança compõe suas impressões. O avô serve como uma espécie de espinha dorsal, mostrando não apenas quem manda, mas também qual o eixo estruturador de todas as outras relações. Aos poucos, porém, a criança vai percebendo traços que mancham o cenário. De novo, vale destacar: por trás da aparente e segura estruturação, a ameaça de rompimento causa bastante choque. É assim por exemplo quando a criança nota que o casamento dos pais não é tão feliz quanto parece ou deveria ser.

Também há alguma violência doméstica, o que aproxima o texto das impressionantes memórias da época de criança de Graciliano Ramos e Górki, aliás outra inspiração de Müller. Nessa linha, aos poucos a melancolia toma conta da narrativa. A criança aparece de súbito um pouco mais madura, o que causa um efeito inesperado: como consequência, por sua vez, os adultos infantilizam-se.

Surge, típico dos textos de Müller, o ambiente de repressão. Proibidas de refletir com liberdade, pessoas submetidas a ditaduras, com as raras exceções de sempre, tornam-se ingênuas e tendem a agir com certa imaturidade. Do mesmo jeito, o farto uso dos sentidos, constante na novela, substitui a reflexão. A impossibilidade de pensamento atrapalha muito o desenvolvimento da criança. Ela vai se tornando ensimesmada e como resultado, talvez para simbolizar todo um estado social, a alegre menina fecha o conto caindo em um pesado sono.

A conclusão comove ao indicar o início de uma triste depressão infantil. O que parecia ser a composição das lembranças de uma garotinha é na verdade o começo de um pesadelo. A menina se atrela a uma letargia, mas que é tão escura como a Floresta Negra, para usar a mesma imagem de Müller. Nada mais é dito, mas sobra para o leitor, como um eco incômodo, a pergunta: será que ela vai acordar?

Ou nós? Na verdade, Herta Müller trocou o pronome.

* * *

Mesmo que o estranho golpe contra Manuel Zelaya em Honduras e a contínua supressão de direitos que vem ocorrendo a pretexto da "guerra contra o terror" devam nos deixar em estado de alerta, é fato que os governos ditatoriais são minoria atualmente. Não parece verossímil, por exemplo, que a América Latina volte a viver o pesadelo dos golpes militares, e muito menos as ditaduras comunistas estão no mais remoto horizonte. Gente como o casal Ceausescu está morta e enterrada. Tudo isso poderia significar que o mundo retratado por Herta Müller está ultrapassado e que ela é uma artista anacrônica.

Infelizmente, não é bem assim. A ditadura e a opressão de Estado servem-lhe apenas como pretexto para discutir a situação do ser humano diante da impossibilidade de ser livre, refletir criticamente sobre a própria vida, decidir sozinho seus rumos e ver seus direitos básicos garantidos. As ditaduras comunistas podem ter quase todas caído, mas seus efeitos mais nefastos continuam sendo produzidos, com um traço ainda mais perigoso: agora as pessoas têm a ilusão de que seus direitos estão garantidos e portanto não encontram nenhum motivo para refletir sobre eles.

Podemos começar com um exemplo doméstico: a ditadura no Brasil acabou há quase trinta anos. Ainda assim por aqui a tortura é corriqueira, o que logo demonstra que vivemos uma ilusão de Estado de direito. O domínio global do chamado capitalismo de especulação (ou capitalismo tardio, ou capitalismo financeiro, ou pós-modernismo, ou seja lá qual for o nome...) também não oferece muitas possibilidades de confronto. Ou as pessoas se sujeitam ao controle das megacorporações e aos caprichos das bolsas de valores e moedas voláteis, ou, tal qual uma típica ditadura, não poderão viver...

O chamado mundo corporativo, com suas impagáveis regras e códigos de conduta, também infantiliza as pessoas, obriga-as a exclusivamente cumprir ordens e torna todos os envolvidos acríticos. Poucas coisas são mais grotescas do que a conversa, cheia de "produtividade" e "índices", de dois executivos típicos. Do mesmo jeito que nas ditaduras, nesse ambiente também não há muita possibilidade de reflexão. Um país como a Romênia passou de quintal de uma corja de ditadores psicopatas para a sede de uma camarilha de mafiosos. Sua população mais pobre agora imigra para os países ricos para servir de mão de obra barata. Do mesmo jeito que sob os comunistas, seus direitos não são respeitados.

Vivemos, ainda, em uma sociedade bastante vigiada, do mesmo jeito que nas ditaduras. Câmeras estão por todos os lados, para nos tornarem suspeitos até que provemos o contrário. Nossos dados hoje são facilmente vendidos para qualquer megacorporação interessada. Não é segredo que as administradoras de cartão de crédito, como as antigas polícias políticas, sabem tudo sobre nós. Talvez alguém diga que o atual estado de vigilância não é tão agressivo à vida humana como eram os aparatos repressivos das antigas ditaduras. O caso Jean Charles mostra infelizmente o contrário.

Por fim, o atual desinteresse pela política, declarado em voz alta até mesmo por artistas pretensamente esclarecidos (em outras palavras, os patetas que acreditam "contar uma boa história"), é típico de situações em que a opressão dá as cartas. E tudo, repito, debaixo da mais colorida e animada ilusão de democracia.

Assim, a arte de Herta Müller não poderia ser mais contemporânea. O estado de supressão dos direitos e de uma vida sem a menor possibilidade de resistência ao poder dominante é hoje infelizmente global. Os grandes autores que surgirão na Romênia daqui a cinquenta anos vão se defrontar com as mesmas e terríveis perplexidades da autora de *Depressões*, que com certeza servirá para eles de excelente modelo.

Ricardo Lísias

Autor de Duas praças, Anna O. e outras novelas e O livro dos mandarins

ESTE LIVRO, COMPOSTO NA FONTE FAIRFIELD
E PAGINADO PELA NEGRITO PRODUÇÃO EDITORIAL, FOI
IMPRESSO EM PÓLEN SOFT 80G NA IMPRENSA DA FÉ.
SÃO PAULO, BRASIL, NO OUTONO DE 2010.